森と、母と、わたしの一週間

八束澄子

ポプラ社

森と、母と、わたしの一週間

もくじ

装画　いとうあつき
装丁　坂川朱音（朱猫堂）

1 風によばれて

いつのまにかホームに立っていた。

油断すると、どこからかふいてくる風。その風によばれた。

自転車のペダルに乗せた足は駅への道をこぎつづけ、ひたいに汗のつぶを光らせた野々歩は、大音量の構内アナウンスの中にいた。

「三番ホーム、列車が到着します。危険ですので白線の内側までおさがりください」

芝の上を歩いているように足もとがふわふわする。うしろの人に背中を押され、つまずきながら電車に乗りこんだ。

ゴトン。

車体がゆれたとたん、なにか得体のしれない熱いものが体をつらぬいた。

——行こう。あの町へ。

月曜日の朝の電車は、ふきげんな顔つきの乗客で混みあっていた。イコカで改札をぬけたので、いそいでサイフの中身をたしかめる。今月のこづかい五千円が札のまま残っていた。

——これだけあれば足りるだろう。

心臓の鼓動がのどを圧迫して息苦しい。ゴクリとつばを飲みこんで、野々歩はドアの外へ視線を移した。

見慣れているはずの町の風景が、よそよそしくそっぽを向いている。

ドアのガラスに頭をあずけて、しばらく放心した。

ずっと頭が重かった。今もそう。脳みそにもやがかかって、思考力ゼロ。

換気のために開けられた窓から、細く風がふきこんでいた。

ようやく息を継いだ野々歩は、そっとふりかえって車内に目を走らせた。制服姿の高校生が半分近くをしめている。あとは通勤客で、小中学生の姿はほとんど見えない。

汗をかいたせいでマスクの下がかゆかった。野々歩はマスクを持ちあげ、ポケットにあったハンカチでそっとぬぐった。


二〇二〇年ごろからはじまり、世界中を混乱におとしいれた新型コロナ騒動は、ようやく終息のきざしを見せていた。

野々歩の中学校では三年間中止されていた行事が再開され、十一月には修学旅行が予定されている。行き先は九州。修学旅行のことを考えると、ゆううつでたまらない。人といるのは苦手だ。緊張する。なのに二泊三日もいっしょなんて考えられない。ムリ、ムリ、ぜったいムリ。

第一の関門は班決めだった。

「せっかくの旅行だから、自分たちで決めていいぞ」

と、先生がいったとき、教室は大歓声に包まれたけれど、野々歩はスッと体が冷えるのを感じた。

——ひとりだけ残されたらどうしよう。

それを考えただけで、いたたまれなくなる。

もしおなさけでどこかの班に入れてもらえたとしても、気まずさの極みだ。

ボッチになるのが怖くて、綾香たちのグループにしがみついていた。綾香たちもノリの悪い野々歩をもてあましつつも、容認してくれていた。容認してくれていると勝手に思っていた。

ところが、さまざまな規制が解除された夏休みに興奮ぎみのみんなが、やれ地域の祭りだ、隣町の花火大会だと盛りあがっていた七月、綾香にいわれた。

「野々歩って、目が笑ってないよね」

心臓が止まりそうになった。

「え？　そ、そうかな」

ひきつった笑いでごまかしたけれど、

——見透かされてる。

そう思うと、その日以来、みんなと目をあわせるのが怖くなった。


そうしてはじまった夏休み。野々歩は、ラインで誘われた地域の祭りにも、隣町の花火大会にも、参加しなかった。

——自分が行くと、みんながしらけるのでは？

気おくれして行けなかった。

もともと野々歩は、みんなの好むキラキラした場所が苦手だ。カラオケも、ショッピングセンターも、遊園地も、全部きらい。人混みと大音量にさらされると頭がガンガンする。

コロナで自粛中はよかった。好みの違いが表面化することがなかったから。

人にあわせるのはしんどい。ちょっとずつ、ちょっとずつ、自分がけずられていく気がする。

いつか、ひとりで立つこともできないつまようじみたいになるんじゃないかと怖くなる。

ツクツクボウシが鳴いて、二学期がはじまった。

「野々歩、お祭りも花火大会もめっちゃ楽しかったのに、なんで来なかったのよ」

といいつつ、これ見よがしに思い出話に盛りあがるグループの中にいて、野々歩はますます孤立感を深めていた。キーンという金属音が耳の奥でして、みんなの声が遠ざかる。まるで自分ひとり、カプセルの中に閉じこめられたみたいだった。


緊張つづきの一週間が過ぎたころ、野々歩は体のバランスをくずした。体半分に湿疹がでた。座るとイスにあたる部分が痛かゆいし、夜、眠れなくなった。

夜中かゆみで目を覚ましリビングに行くと、父親がひとりでぼんやりテレビを観ていた。

「アンビリーバブル、ビッグホームラン！」

キャスターの興奮した声が、リビングにひびきわたる。

「パパ」

「ん？」

ソファにもたれかかったまま、音量を落とそうとリモコンに手を伸ばした父親は、首だけ野々歩にむけた。その姿がすごく年をとって見えた。

「どした？　眠れないのか」

「なんか、体がかゆくて痛い」

「蚊にくわれたのか」

「蚊じゃない」

「どれ、見せてみろ」

ようやく父親は体を起こした。こういうとき母親がいたらと切実に思う。父親に体を見せるのは抵抗がある。なにも考えずいっしょにおふろに入っていたのは保育園までだ。野々歩は体をよじって、ひざの裏側だけ見せた。

「……こりゃひどいな。あしたすぐ、皮ふ科でみてもらえ」

顔をしかめると、父親はサイフから五千円札をぬきだしてテーブルに置いた。

「保険証のあるところはわかるな。それで足りるか？」

父親は商店街のはずれのビルの二階で税理士事務所を開いている。事務所といっても従業員はいない。以前は母親が電話番をしていたけれど、今は父親ひとり。顧客のほとんどは地元の小さな商店ばかりだ。大型ショッピングモールに客が流れ、それでなくても景気がよくなかったのに、コロナ禍の中、閉店が相つぎ、経営はなかなか大変らしい。白髪が増えて、今ではすっかりシルバーグレイといった趣だ。

「……うん。だいじょうぶと思う」

胸がちくんとした。こんなときに経済的負担をかけるのは気がひける。

「冷やしたらどうだ。ちょっとはましじゃないか。たしか冷凍庫に保冷剤があったぞ」

「うん」

買いだめする人がいないのでほとんどからっぽの冷凍庫に、いくつか保冷剤が転がっていた。わき腹に当てると、一瞬だけ痛みとかゆみがやわらいだ。

皮ふ科で薬をもらってようやく楽になったと思ったら、つづいて口の中に口内炎ができた。食事のたび、「いったぁ」と声にでた。用心していても、はれたところをまたかんだりして、そのうち、みそ汁までしみるようになった。

父親とふたりの食卓は味気ない。スーパーの売れ残りの総菜やコンビニ弁当にカップみそ汁が定番だ。だけど、それさえ食べられないとなるとこたえた。うらめしそうにほおを押さえてはしを置く野々歩に、食欲をなくしたのか、父親もつまんでいたカボチャを弁当箱にもどした。

「お母さんに電話するか？」

すくいあげるようなまなざしが、うっとうしかった。

「いい！」

自分でもびっくりするくらいきつい声がでた。

自室に逃げこみ、ベッドに身を投げた。

──うっ、うっ、うっ、う！

まくらに顔をうずめ、嗚咽をかみ殺す。

父親に気をつかわれている自分がみじめだった。

──お母さん、お母さん、お母さん！

中二なのに、まるで幼稚園児みたいに心の奥で母親をよんでいる自分にもイラついた。

──なんで帰ってこないの！

はっきり聞けばいいのに、聞けずにいた。おばあちゃんの葬式のあと、後片づけのためにと実家に残ったまま、母親は帰ってこない。

野々歩はおしりをつき立て、まくらにぐいぐいおでこを押しつけ、号泣した。体の中で得体の知れないなにかが渦を巻いていた。ごうごうと音を立てている。涙が止まらない。自分で自分をもてあました。

そんなとき、例の風によばれたのだ。

――おいで。こっちへおいで。

県庁所在地の駅でほとんどの乗客がおりた。高校生たちは全員、人混みをぬうようにダッシュしていった。

――みんな、ちゃんと学校行くんだ。

見送る野々歩のみぞおちがぎゅっと縮んだ。学校をずる休みするのは、はじめてだ。今ひきかえせば三時間目には間にあうだろう。

それでも野々歩はおりなかった。心はすでに母親のもとへとんでいた。ガラ空きになった車内のシートのひとつに、カバンを置いて腰をおろした。

ゴトン、ゴトン、ゴトン、ゴトン。

単調な列車のリズムが遠い記憶へと誘う。車窓の風景は、どんどん田舎のそれに変わっていった。

いつかの夏。野々歩は、母親に手をひかれて閑散とした駅のホームに立っていた。

線路のわきには、びっくりするぐらい赤いケイトウの花。あれはどこの駅だったんだろう？たしか、おばあちゃんの家に向かうとちゅうだった。おばあちゃんちは、鳥取県と兵庫県と岡山県の交わる中国山地のど真ん中。海沿いを走る山陽本線から、どこかの駅で山へと向かう電車に乗りかえる必要がある。たしか、ち、ち、智頭鉄道？　そうだ。きっとそれだ！

スマホで検索したら、乗りかえ駅はすぐにわかった。上郡。

「つぎだ！」

シートの上で腰をうかせた。駅名表示の下に小さく「智頭急行鉄道のりかえ」とあった。そそくさと野々歩は下車準備をはじめた。といっても荷物は学校カバンひとつだけ。

ほどなく田舎のさびれた駅に電車は到着した。ほかに下車する客はだれもいない。強い日差しに白く発光したようなホームで、中学の制服姿の野々歩は目立った。

「乗りかえですか」

きょろきょろしていると、駅員に声をかけられた。

「このホームをずっと先まで行ったところが乗り場ですよ」

指さされた先に木造のレトロな建物があって、水色のペンキのはげかけた壁面に「智頭急行鉄道」と書かれている。ぽつんとしたわびしいたたずまいだった。

——あそこだったんだ……。

胸がコトンと音を立てた。昔、幼い自分が母親に手をひかれていた場所。そこに今ひとりで立っていることが、なんだか信じられなかった。

そのとき、ポケットの中のスマホがふるえた。「パパ」と表示されていた。すぐに電源を切る。今はじゃまされたくない。ぎゅっと目を閉じ、顔をあげると、思わぬ近さに山がせまっていた。

「智頭までお願いします」

改札口でイコカをさしだすと、

「JRはいったん精算してもらいますが、特急ですか？　各駅ですか？」

と聞かれた。え、特急なんてあるの？

「この時間ですと、あとから来る特急のほうが、先にでる各駅より、五十分はやく智頭駅に到着します」

「あ、あの、特急っていくらですか」

「八三〇円です」

「じゃあ、いいです」

野々歩はすばやく頭の中で計算した。智頭到着は昼過ぎになる。昼ごはんも食べなきゃいけないし、連絡なく行って母親に会えるとは限らない。そうなったときのための帰りの運賃も確保しておかなきゃ、やばい。母親にメールするという選択肢はなかった。だって、ダメっていわれるに決まってる。

母親はいつもパワフルでにぎやかな人だ。そのうえ、超がつくほど負けずぎらいで、ひっこみ思案の野々歩にイラついている節があった。

保育園のころ、運動会の親子リレーで手首をつかまれ全力疾走させられたことがある。宙にうきながら手首に食いこむツメに必死にたえていた、あのときの痛さは忘れられない。

そんなだから、母親は野々歩の気持ちに鈍感なところがある。そのせいで何度も傷ついてきた。わかってもらえるとは思えなかった。なのになぜ、母親がこんなに恋しいのか、自分でもよくわからなかった。


ホームには、すでに各駅停車が待機していた。二両編成で、まるでバスみたいにかわいい車両だ。格別、鉄道ファンではない野々歩でも、そのレトロなたたずまいに胸がおどった。

時刻表を確認すると、出発まではまだ二十分あった。開けっぱなしのドアからアカトンボが数ひき、でたり入ったりしていた。

今ごろ学校は授業中だ。月曜日は英語の小テストがある。あのテストの教室のピリピリした空気とくらべると、同じ時間が流れているとは思えないほど、ここはのどかだった。

「どうぞぉ、乗ってていいですよぉ」

人待ち顔でホームと運転席を行ったり来たりしていた運転士が、声をかけてくれた。

車内はガラ空きだった。野々歩は運転席にほど近いボックス席をひとりで占領した。窓が広い特等席だ。

小さいころ、智頭町のおばあちゃんの家を訪ねた記憶は数えるほどしかない。おじいちゃんはずっと昔に亡くなっていなかった。ひとり娘なのに、母親はなぜかあまり帰省したがらなく、野々歩にはおばあちゃんとの思い出があまりない。覚えているのは、広い座敷にちんと座って笑っていた姿くらい。

実家に帰るたび母親は、「家が寒い」とか、「古い」とか、もんくばかりいっていた。つんけんしないで、おばあちゃんにもっとやさしくすればいいのにと思ったこともある。野々歩自身はおばあちゃんの漬ける漬物が大好きだった。

おばあちゃんが亡くなったと連絡が入ったのは、春休みが終わるころだった。となりの人が見つけてくれた。ばたばたとお葬式が終わり、後片づけにひとり残った母親は、それ以来帰ってこない。四十九日のときは、仕事や学校があるので、パパと野々歩は日帰りしなくてはいけなくて、お寺さんや親戚との応対にいそがしい母親とは、ゆっくり話をするひまもなかった。

――なんで帰らないの？

物理的な距離は心の距離を生む。夏休みには帰るかもと期待したけれど、いそがしさを理由に帰ってこなかった。恋しい反面、近ごろ野々歩は母親の顔も思いだしにくくなった。心に不信感が巣食いはじめていた。わたしやパパは、どうでもいいのだろうか？


「あー、やれやれ。まにおうたわ」

あたりかまわぬ大声に、びくっとしてふりかえると、背中からはみでるようなリュックを背負ったおばあさんが乗りこんでいた。

「よくばって買いこんだら、重とうてかなわん」

ひとりごとの域をこえた大声でグチりながら、パンパンにふくらんだリュックをどさりとシートにおろした。話しかけられたら、めんどうだ。野々歩はあわてて前を向いた。

「なんかええ買い物でもしてきましたか」

知りあいなんだろう、さっきからひまをもてあましているようすだった運転士が声をかけた。

「なんもええもんなんか、ありゃあせん。しょう油やら、砂糖やら、酢やら、重たいもんばっかりじゃ。タケちゃんが老人ホームへ入って、百貨店閉めてしもうたじゃろ。うちらみんな、こまっとるんよ」

「ほんまですなあ」

一時間に一本走っているかいないかのローカル線は、地元の人たちにとっては大切な生活の足のようだ。

そのあと、二、三人の乗客がつづいて乗りこんで、いよいよ出発の時刻になった。

とたんに表情をひきしめた運転士はホームに立って、「右オーライ、左オーライ」と指さし確認をした。車掌がいないから一人二役だ。

ピーッ。

出発の合図の笛が鳴った。

ゴトン。

おしりに伝わる振動に、思いがけずわくわくした。心細さを冒険心が上まわっていた。

出発したとたん、トンネルに突入した。

ゴォーッ。

轟音に、一瞬耳が聞こえなくなる。鏡になった窓ガラスに不安そうな自分の顔が映っていた。トンネルをぬける寸前、半円形に切りとられたキャンバスに、真っ青な空と山とが映りこんだ。まるで一瞬で消える絵みたいだった。

——きれい。

母親といっしょのときはシートの上でとびはねて、「じっとしてなさい」って、しかられたっけ。電車は山肌にはりつくように走る。反対側の窓の下には、広びろとした田んぼの緑が広がっていた。青田に映った雲の影も走る。換気のために開けられた窓から入った山の冷気が、酸欠ぎみだった肺にしみてくる。鼻の粘膜が刺激されて、立てつづけにくしゃみがでた。

谷をへだてた向かいの山すそに、緑にとけこむように赤い三角屋根がのぞいていた。どうやら小学校らしい。校庭で遊ぶ子どもたちの歓声が、とぎれとぎれにひびいてくる。スマホを取りだして時刻をたしかめる。

——もうこんな時間、とっくに学校はじまってるんだ。

みぞおちがぎゅっと縮んだ。

——わたし、レールをはずれたのかな?

そう思うとぞっとした。その一方で、

──なんだ。こんな簡単なことだったのか。

拍子ぬけする部分もあり、なぜか爽快だった。

ガタンと派手な音を立てて電車が止まった。窓からのぞくと、なんとそこは高架橋の上。川は何十メートルも下方を流れている。

──こんなとこに駅があるんだ！

無人の駅におり立ったのは、大きなリュックのおばあさんだった。運転士はホームに立って、おばあさんの足もとを見守っていた。

発車すると、すぐにまたトンネルに入った。曲がりくねった山肌をぬうように走るから、車体は右に左に大きくかしぐ。

トンネル、山。トンネル、山。

景色はめまぐるしく変わり、トンネルに入ると、運転席のうしろの料金表の数字が明るく光った。

とちゅう、鉄橋をわたった。山が右から左に移行しただけで、相変わらず電車は山肌にはりつくように走りつづける。

数えきれないほどたくさんの駅に止まり、数えきれないほどたくさんのトンネルをくぐった。中国山地の奥深くにもぐりこんでいく実感があった。

——どこまで山がつづくんだろう。

窓の向こうには、深い森が広がっていた。奥は光も届かないまったくの闇。じっと見つめていると吸いこまれそうになる。そこはもう動物たちの領域だ。

いつのまにか、野々歩は山を駆けていた。重力をなくした足が軽い。

駆けろ、駆けろ、もっとはやく！

野々歩は、岩をとびこえ、深い森の中をどこまでもどこまでも駆けぬけた。濃い緑のにおいが鼻腔をさした。

——ああ、なんていい気持ち。

ゴトンッ。

突然の衝撃に、体がつんのめった。ハッとしてあたりを見まわすと、電車は山の中の駅に止まっていた。意識はまだ霧のただよう森を駆けめぐっている。ぼんやりとした頭をふって眼下をのぞくと、蛇行した川をはさんだ向こうに町の景色が広がっていた。ところどころビルも見える。

——あー、寝てたのか。

「特急待ちのため、この電車はしばらく停車いたします」

車内アナウンスがひびいた。どうやら智頭駅に先に到着するという特急を、ここでやり過ごすらしい。

山が深くなるにつれ気温がさがり、体が冷えきっていた。尿意を覚えて野々歩はとまどった。スマホをのぞくと、智頭駅到着まではまだ時間がある。がまんできそうもない。

「あの、特急待ちのあいだに、トイレ行ってきていいですか」

意を決して運転士に声をかけると、

「トイレなら車内にありますよ」

と、車両後部を指さされ、脱力した。なんだ、こんな小さな電車にトイレがあるなんて思わなかった。

トイレをすませて落ち着きを取りもどすと、野々歩はこのところずっと重かった頭が軽くなっているのに気がついた。うたた寝したせいかもしれない。

ゴォーッ。

轟音とともに、特急がすぐとなりの線路を走りぬけていった。

そのあと十分近くが経過しても、なんのアナウンスもなかった。出発する気配もない。いつのまにか運転士の姿も消えていた。

――なんで？

不安にかられてキョロキョロ車内を見まわした。聞こうにもほかに乗客はいない。なにもしないでいる時間は苦手だ。

習慣的にスマホを取りだしかけてやめた。きっとパパや学校からいっぱいラインやメールが入っている。それを見たら決心がにぶる。せっかくここまで来たんだ。母親と会ってから帰りたい。今までこれほど強く、なにかをやりとげたいと思ったことはなかった。これほど母親を恋しく思ったことも。

山の駅は静かすぎるほど静かで、ふもとの集落から、まぬけなニワトリの声があがってきた。

そのときだ。線路前方から轟音とともに電車がせまってきた。

——そうか。単線だからすれ違い待ちしてたんだ。

謎が解けた。運転士ももどってきて、ようやく電車は走りだした。


おばあちゃんのお葬式は盛大だった。見知らぬ親戚や近所の人がいっぱい来た。押しの強そうなおじさん、おばさんが苦手なのか、かたい表情の母親はずっと下を向いていた。「りっぱなお母さんやったな」とか、「あんた、ひとり娘やろ、この家どうするつもりや」との言葉かけにも顔をあげず、「……どうも」とか、「……うーん」とかあいまいな返事をかえしていた。涙はなかった。「薄情な娘やな」どこかのおじいさんのイヤミたっぷりのつぶやきが耳に入った。

ふた晩泊まって帰り支度をはじめたパパと野々歩に、

「後片づけがあるし、しばらくこっちに残るわ」

そう告げたときの母親は憔悴しきっていて、目の下には真っ黒なクマができていた。

「そうだな。おれもいっしょに残って手伝うべきなんだろうけど……」

口ごもるパパに、母親は、

「いい、いい。ひとりでだいじょうぶ。あなたは仕事があるし、野々歩はもうすぐ新学期だし」

と無理やりっぽい笑顔を見せた。

それがこんなに長びくなんて、あのときのパパは想像さえしていなかったと思う。もちろん野々歩自身も。

ぼんやり物思いにふけっていた野々歩は、

「あ！」

と、シートの上で腰をうかせた。

川の流れる方向が逆になっていた。いつのまにか分水嶺をこえたのだ。

2 お母さん

駅前は閑散としていた。ネコ一ぴきいない広場に山からの風がふきおろし、色づきはじめた桜の葉っぱを転がしていた。

ひとりでこの町におり立つのは、はじめてだ。お葬式と四十九日にはパパの車で来た。なのに不思議なことに、おばあちゃんの家への道のりはぼんやり覚えていた。たしか赤い橋をわたった先。そのとき盛大に野々歩のおなかが鳴った。ぐうー。いくら心細くても、おなかはすく。体の正直さに救われた。

――まずは腹ごしらえだ。

野々歩は通りをわたったところにあるスーパーへと一歩を踏みだした。規模は違うけど、置いてある商品や陳列の仕方は野々歩の町のスーパーと大体似たようなものだ。総菜コーナーで昆布のおにぎりを手に取り、ペットボトルのお茶といっしょにレジに置いた。

――お母さんもこの店で買い物するのかな。

ふと思ったあと、

――もうすぐお母さんに会える。

ぎゅっと心臓が縮まった。うれしい、怖い。感情は、ふりこみたいに両極端にゆれていた。

——でも……。

ふいにもたげた不安に、サーッと全身の血が冷えた。アポなしで行って、いやな顔をされたらどうしよう。それって、マジ傷つく。

駅前のベンチに座っておにぎりをパクつくあいだ、野々歩はうじうじと思い悩んだ。それでも、おにぎりのラップと空になったペットボトルをゴミ箱に投げ入れたときには、心は決まっていた。

——とにかく、お母さんに会う！　今はそれだけ考えよう。

川へと続くレトロな商店街に入りこんだ。開いている店はまばらで、ずいぶんさびれている。それでも重厚感のある建物と趣のある格子戸がつづく通りは美しく、往時の繁栄がしのばれた。道の両端には幅三十センチくらいの水路が流れていて、さらさらと気持ちのいい水音をひびかせていた。それが、不安でざらついた心をやさしくなでてくれる。山からの水なのだろう、透明で流れもはやい。手をつけてさわりたい衝動をかろうじておさえた。

何軒かの家の玄関先には、丸太をくりぬいてつくった舟形の水そうがすえられていた。ポンプで溝の水をくみあげる仕組みになっていて、中に金魚や鯉が泳いでいる水そうもあれば、水草だけのものもあった。

どの家の軒先の植木鉢もみずみずしく、葉っぱをしげらせている。空気はしっとりとうるおっていた。とても静かだ。聞こえるのは水音と鳥のさえずりだけ。

――いい町だな。

ゆっくりおばあちゃんの町を散策するのは、はじめてだった。つい目的を忘れて、いつまでもさまよっていたくなるような通りだった。

サラサラサラサラサラ……。

清涼な水音は、心のよどみを洗い流してくれる。肩に入った力をほぐしてくれる。

三叉路に三角形の不思議な形の建物を見つけた。

――本屋さんだ。

壁にはられた雑誌の広告もすっかり陽に焼けている。その中に一枚だけ、まだ新しいポスターがあった。森の中で笑っている子どもたちの写真。ひとりひとりが、雨あがりの葉っぱみたいなキラキラした笑みをうかべている。その笑顔にひきよせられ、野々歩は足を止めてしばらく見入った。

「森のようちえん　コロボックル」

木切れでかたどった文字で、ポスターのはしっこに書かれていた。

――「森のようちえん」って、どういうこと?

商店街をぬけきると、川につきあたった。きのうの雨でにごった水が、ゴーゴーと音立てて流れている。かなりの水量だ。赤い橋の橋脚のまわりに山から流れてきた岩がいくつも重なりあっている。

――あんな大きな石を流すなんて、水の力ってすごい。

自然への畏怖に身がすくんだ。自然って、きれいなだけじゃない。

橋をわたってすぐの県道で信号に足留めされた。車の通りも多い。

長い信号だなあと、ぼんやりつっ立っていると、あとから来たおじさんが野々歩の肩ごしに
歩行者用ボタンを押した。

――あ、そういうこと?

「観光客?」

と声をかけられ思わず、

「はい」

とこたえると、

「めずらしいな。なんもないでしょ」

といわれた。

信号をわたると、古い屋敷の板べいがつづく通りが伸びている。昔、林業で栄えたというこの町には、今もまだ豪壮な造りの屋敷が何軒か残っている。おばあちゃんの家もそのひとつ。

——ここだ。

木の門はかたく閉ざされていた。板べいのはずれの裏木戸にまわると、朽ちかけた古い木戸は開いたままだった。ぷんと木のくさったにおいがする。

「こんにちは」というべきか、「お母さん」とよびかけるべきか迷っているうちに、足が勝手に敷居を踏みこえていた。

庭は荒れていた。おばあちゃんがいたころはきれいに整えられていたのに。夏草がしげり放題にしげり、野々歩の背の高さほどもあるススキがゆれていた。庭の奥にたたずむ蔵の白壁の一部もはがれ落ちていた。

母屋の廊下のカーテンは閉まったままだ。物音はしない。

玄関へまわった。格子戸をひくと、立てつけの悪い戸は、ガタピシと盛大な音を立てて開いた。

──鍵もかけずにでかけたのか？

アーン。

足もとからの声にとびあがった。どこからあらわれたのか、まだおとなになりきっていないサイズのトラネコが、ふしんげに野々歩を見あげている。えー、たしかおばあちゃんはネコなんて飼っていなかった。

「あんた、何者？」

声にだして問いかけると、ネコはのどをごろごろ鳴らしながら、野々歩のすねに体をこすりつけてきた。意外と人なつこいやつだ。ネコの体毛が素足を心地よくくすぐった。

どうやら母親は留守らしい。がっかりすると同時にホッとしていた。ショックはなるべく先送りしたい。勝手にあがりこむのもためらわれるので、あがりかまちにカバンだけ残して、野々歩はふたたび通りにでた。

その昔、参勤交代の行列も通ったという旧街道にぶつかったところで、クリーム色のバンが目の前を横ぎった。ボディに「森のようちえん　コロボックル」とあった。

——あ、あのポスターの幼稚園だ。

興味をひかれた野々歩は、思わずバンの後を追って走りだした。あのきらきらした笑顔の子どもたちに会ってみたい。そう思ったのだ。後部に「幼児バス」と書かれたステッカーがはられていた。

バンはゆっくりと、「町民グラウンド」と案内板のある広場へ入っていった。離れたところから見ていると、バンのドアが開いて子どもたちがとびだしてきた。ひとり、ふたり、三人、四人、……十人近くいる。全員リュックを背負い登山帽をかぶって、ぱっと見、まるで小さな探検隊だ。スモック姿が一般的な野々歩の町の幼稚園生とは、ずいぶん違ういでたちだ。おまけに、はいている長靴ときたら、どの子もどの子も、もとの色がわからないくらい、どろっどろ。よく見ると、Tシャツもズボンも泥だらけで、ほとんどの子は顔にまで泥をつけている。どうやったら、こんなに汚せるんだ？

「ただいまぁ」

「ママ、おみやげー」

「じいちゃん、エビフライ、見つけたよー」

口ぐちにさけびながら、駐車場で待っていた保護者のもとへと転がるように駆けよる子どもたちは、元気いっぱいだ。明るい声が広場にこだまする。

——トトロのまっくろくろすけみたい。

野々歩のほおがゆるんだ。

「おー、まつぼっくりか。ネズミかリスか知らんが、きれいに食っとるなあ」

おみやげのエビフライに、じいちゃんは相好をくずしていた。

そのときだった。

「うそー!」

思わず声がでた。大きな鍋をかかえて最後に車からおりてきたのは、なんと母親だった。

——なんで? どういうこと?

クエスチョンマークが脳内を駆けめぐり、一気に心拍数があがった。心臓がぐるんと宙がえりしそうだ。

「お疲れさまでしたー」

「またあしたねー」

「シーユー」

「バイバーイ」

にぎやかにいいかわしながら、スタッフや子どもたちに手をふっていた母親が、こちらをふり向いた。その顔を見たとたん、野々歩の胸がつまった。さっきまで胸の中で渦を巻いていた不安と不満が、一瞬で慕わしさに取ってかわった。

――お母さん！

しがみつきたい衝動を、足に力をこめて必死にこらえた。

「野々歩！」

先に声をあげたのは、母親だった。グラウンドのすみで立ちつくしている野々歩を見つけると、目を見開いて駆けよってきた。

「どうしたの！　びっくりするじゃない！」

くしゃくしゃの顔で抱きつこうとするのを、かかえていた鍋がじゃまをした。

それで助かった。抱きつかれたら号泣していた。こんな小さい子たちの前で、それだけは避けたい。恥ずかしすぎる。

「学校は？　休校？　え、でも、それはないか」

矢つぎばやに質問された。

涙をこらえるのに必死の野々歩は、はぐらかすように、

「……持とうか？」

と、鍋に手をかけた。少し声がかすれていた。

「え？　ああ、ありがと」

わたされた鍋は、思ったより軽かった。

「きょうは、森でみんなでおみそ汁つくったのよ」

母親の声がなつかしくて、ますますのどがつまる。朝からガチガチだった体の力がぬけていく。しかられるんじゃないかと身がまえていたのが、気のぬけた会話に救われた。

――森でおみそ汁、なにそれ？

「それにしても、遠いのによくひとりで来れたねえ」

母親の口ぶりにムッとした。

「もう！　いくつと思ってんのよ。中二だよ」

「はっは、そりゃそうだ」

「ナオリン、バイバーイ」

おじいちゃんの自転車の後部イスから男の子が手をふっていた。

「バイバーイ、輝くん。またあしたねー」

母親も盛大に手をふりかえしている。

「ナオリンって、だれ？」

「お母さんよ。だって尚美だもん」

あっさり流すと、すっかり興奮ぎみの母親は、

「うわあ、うれしーい。野々歩が来てくれるなんて、思いもしなかった」

と、野々歩の肩に自分の肩をぶつけてはしゃいだ。あまりに意味不明の展開にぼうぜんとしながら、それでもそぼくな疑問を口にした。

「お母さん、『森のようちえん』ではたらいてるの？」

「違う、違う。ただのボランティア」

——え？　ボランティアって？

もっとつっこみたいのに、母親はそれどころじゃないってようすで野々歩の全身をながめまわしたあと、

「それにしても野々歩、ちょっと会わないあいだに背が伸びたねえ。もうお母さんぬいたんじゃない？」

と目を細めている。ちょっとじゃありません。半年近くです。母親のテンションがあがればあがるほど、逆に野々歩は冷静さを取りもどしていった。

「何センチ？」

と聞かれ、

「一五七センチ」

ぶあいそうにこたえた。ああ、この会話のテンポ、やっぱりいつものお母さんだ。そんな野々歩にとんちゃくせず、母親は、

「うわあ、ショック。一センチぬかれた」

とのけぞっている。幼いころからそうだった。いくらむくれても母親は知らん顔で、根負けした野々歩のほうがあきらめるというのがパターンだった。

おばあちゃんの家へと並んで歩くあいだも、テンションマックスの母親のおしゃべりは止まらない。

「雨あがりの森の土がぬかるんでて、見て、この長靴。重いのなんの」

足をあげておどける母親の長靴も、子どもたちに負けずおとらず、泥まみれだった。

「帰ったらすぐ洗っとかなきゃ。あした、こまるわ」

はしゃいでいても、母親の目がどこか不安そうにゆれているのに野々歩は気づいていた。急に訪ねてきたりして、なにかあった？　学校はどうした？　聞きたくてたまらないのをがまんしているのが見え見えだった。

たがいに焦点をずらしての会話はすぐにしりすぼみになった。気まずい沈黙が流れ、とうとうがまんできなくなった母親が、

「なんかあった？」

と聞いてきた。

「……ううん」

首を横にふると、

「わかった！　お母さんの顔が見たくなったんでしょ。そっか、そっか、野々歩もまだまだ赤ちゃんだねえ」

と髪の毛に手を入れようとするのを、

「違うよ」

きつくふりほどいた。図星なだけに、みとめるのはくやしい。

ナァーン、ナァーン、ナァーン。

玄関先でさっきのネコが待っていた。盛大に甘え声をあげながら母親の足にまとわりついている。ずいぶんなついているようすだ。

「はい、はい。三ちゃん、おるすばん、ごくろうさん。すぐ、ごはんあげるね」

「なに、このネコ、飼ってんの？」

「そ、三十郎。ひいおじいちゃんの名前もらっちゃった。三ちゃん、お姉ちゃんにはじめましてって」

「もうさっき会ったよ」

「あら、そ」

ネコを抱きあげてほおずりしながら、母親はあがりかまちの野々歩のカバンにちらりと目を走らせた。

「……玄関、カギかかってなかったから」

「このへんじゃ、だれもカギなんてかけないわよ」

ネコを抱いたまま、廊下を進む母親を追って、野々歩も半年ぶりのおばあちゃんの家におじゃました。木の廊下は、歩くたび、きしんだ音を立てた。仏間の前を通り過ぎるとき、ぷんと線香のかおりがした。仏壇から笑顔のおばあちゃんの写真がこっちを見ていた。

「おまいりしときなさいよ」

母親にいわれ、線香に火をつけた。

「おじゃまします」

小声であいさつすると、写真のおばあちゃんの笑顔が大きくなった気がした。

「ネコを飼うのは小さいころから夢だった」

うるさく鳴き立てる三十郎に缶詰を開けてやりながら、母親はひとりごとみたいにいった。

「この鍋、どこ置く?」

かかえたままだった鍋の置き場所を聞く野々歩に、

「ああ、そこの流しに置いといて」

テキトーにこたえながら、

「なのに、おばあちゃんは家を傷めるからって、ぜったいに飼わせてくれなかったのよ」

と、くちびるをとがらせた。

「家のマンションもペット禁止だもんね」

「そうなのよぉ」

我が意を得たりというようにうなずく母親は、やっぱりいつもの母親だ。野々歩としては家を思いだしてほしくて、「家のマンション」というところを強調したつもりだったのに。

三十郎はカッカッと歯のあたる音を立てながら、茶わんのえさをがっついていた。すごい食欲。

「三ちゃん、ゆっくり食べなさい。だれも取らないから」

母親の鼻に、なつかしい笑いじわがよった。しあわせそうな笑顔にカチンときた。

――なに？　自分だけ。

「それで、この子をもらったの？」

「もらったんじゃなくて、庭に迷いこんできたの。きっと親とはぐれたのね。ずぶぬれで、みゃーみゃー鳴いてて、かわいそうだった。ねえ、三ちゃん」

と、ほおずりする姿にイラついた。

「この子のせい？」

いきなりの反撃だった。

「え？」

「帰ってこないの、この子のせい？」

怒りのボックスのふたがパックリ開いていた。自分でもおさえようがないくらい、バネがきいていて体がふるえた。

「……ごめん」

母親は三十郎を抱きあげ、うなだれた。

「言い訳になるけど、お母さんもこんなに長びくとは思ってなかったのよ」

「家の片づけ？」

「それもあるけど、それだけじゃなくて、役所の手続きとか、相続のこととか、ほかにもいっぱい大変なことがあってね」

三十郎がもがいて母親の腕から逃げだした。母親は縁側のガラスごしに山を見あげ、ため息をついた。風が強くなったのか、木わくのガラス戸がカタカタ鳴った。

「山林の権利関係は複雑だし、お母さん、おばあちゃんの反対を押して十八で家をとびだしたから、家のこと、なあんにも知らなくてね。親戚からは、『これからどうするつもりか。家をつぶす気か』って責められるし。……うちは将軍家かっていうくらい、大変だった」

「……パパに助けてもらえばよかったのに」

内容はわからないまま、とりあえずいった。そうだよ。そのための家族じゃないの？

「そうなんだけど、電話じゃ話せないこともいっぱいあって、もうちょっと、もうちょっと、ひとりでがんばろうって思ってるうちに時間が経っちゃって」

母親のいい立てる大変さは、自分のことばかりだ。

――パパとわたしは大変じゃないとでもいうの？　わたしだって、お母さんがいたらって思うこと、いっぱいあったよ。ずっとがまんしてたんだよ。友だちとのあれこれも、修学旅行への不安も聞いてもらいたかった。

いつのまにか日が暮れていた。むしゃくしゃした気分をひきずったまま、母親の用意した晩ごはんの食卓についた。おなかがいっぱいになった三十郎は、毛づくろいを終え、野々歩のとなりのイスの上で丸くなっている。

「野々歩が来るってわかってたら、お肉買っといたのにね。こっちはイノシシのお肉が新鮮でおいしいのよ」

イノシシなんていらない。こっちの気分を無視した母親のおしゃべりにイライラがつのるけれど、だされたパスタは細めの麺にふんだんにつかわれたトマトのうまみがからまって絶品だった。口内炎にもしみなかった。ごはんをおいしいと感じるのは、ひさしぶりだった。

「トマトって甘いんだね」

思わずつぶやくと、

「ご近所さんが新鮮な野菜をおすそわけしてくれるのよ」

と母親はいった。そうか、だからトマトの味が違うんだ。ジューシーで濃い。三十郎といい、ご近所さんといい、母親のこちらでの生活の充実ぶりがうかがわれて、野々歩は置いてきぼりをくったようなさびしさを覚えた。とたんにトマトの味が薄まる。

——まさか、このまま帰ってこないつもりじゃ……。

ふたたび胸に渦巻く不安をおさえこんで、

「ところでお母さん、『森のようちえん』でボランティアって?」

ずっと気になっていたことを口にした。

「それがね」

ようやく落ち着いて話す気になったのか、母親はフォークを置いた。

「おばあちゃんが亡くなったあと、『森のようちえん』の代表の方が家に訪ねてみえてね、大奥さまから許可をいただいて、山林の一部を『森のようちえん』のフィールドとしてつかわせてもらっているんですが、このままつかわせてもらってもいいでしょうかって、おたずねだったのよ」

そういえばさっき、山林の権利がなんとかっていってたっけ。

「『森のようちえん』のことは知ってたけど、まさかおばあちゃんが関わってるなんて思いもよらなかったし、寝耳に水の話でびっくりよ」

「ちょ、ちょっと待って。ひょっとしておばあちゃんって、山持ってたの？」

「そうよ。知らなかった？」

話してくれたこともなかったくせに、しらっと母親はいった。

「山って、持てんの？」

またこくり。うそ！　山って空と同じで、みんなのものだと思っていた。

「どの山？」

「このへんの山、あちこち」

「ええー！」

ひっくりかえりそうになった。だけど、なんだかわくわくする話だ。ぐるりと町を取りかこんでいる山やま。そのうちのいくつかが自分ちの山だなんて、いったいだれが想像する？

「代々、うちは林業を営んでいてね、昔はもうかってたみたいだけど、政府の政策転換で安い外材がどんどん輸入されるようになると、国産の杉やひのきが売れなくなって、おばあちゃんの代にはずいぶん苦労したみたい」

母親は仏壇のおばあちゃんの写真をふりかえってため息をついた。

「ガイザイって？」

野々歩には耳慣れない言葉ばかりとびだす。

「外国から輸入した木のことよ」

「なんでわざわざ外国の木を買うの」

「そのほうが安いからよ」

「じゃあ、日本の木も安くすればよかったんじゃない？」

「そうはいかないのよ。山は手入れしないと荒れちゃうし、そのための人手がいるし、人件費だってすごく高くつくの。だから音をあげて、とうとう林業をやめちゃう人もいて、日本の山は今、大変なことになってる」

「みんな日本の木で家を建てればいいのに」

「でも家って安い買い物じゃないでしょ。一生かけてローン組むわけだし、だれしも安いほうにとびつくわけよ。企業だって売れなきゃ、こまるわけだからね」

「……うーん」

野々歩には手に負えない、むずかしい話ばかりだ。

「うちの山も手入れしないと荒れ放題になるし、維持管理にお金はかかるしで、おばあちゃん苦労したみたい。父親はわたしが五つのときに亡くなってたしね」

野々歩は仏壇のおばあちゃんのとなりの、まだ若くてハンサムなおじいちゃんの写真に目をやった。

「そんなこと考えもしないで、若いころのお母さんはここをでたいって、もんくばかりいっていた。だって、右を見ても左を見ても、山ばっかりでなんにもないんだもん。閉塞感でいっぱいだった」

パスタの皿はいつのまにか空になっていた。閉塞感？　それって、わたしといっしょだ。いつものどがつまっているようなこの感覚、すごく、わかる。はじめて母親の話に共感した。

「ごちそうさま」

ため息とともに、母親は大きな音を立ててイスから立ちあがった。

「ところで野々歩、あした学校はどうするの？」

シンクで皿を洗いながら、ふりかえった母親が聞いた。

「……休む」

「……学校でなんかあった？　あ、べつにいいたくなければ、いわなくていいけど」

あわててつけ足す母親に違和感を持った。前はゼッタイこんなこといわなかった。ぐいぐい押してくるのが常だったのに。

　そのとたん、「パッパラパオ、パッパラパオ、パオパオパー」と、母親のスマホがまぬけな音を立ててさわぎだした。

　――きっとパパだ！

「もしもしー」

能天気な母親の声にパパのどなり声が重なった。

「朝からずっと電話してたんだぞ！　なんで、かえしてこない！」

　野々歩のところまでひびく大声だった。あっちゃー。野々歩は三十郎みたいにイスの上で丸まった。

「野々歩、そっちへ行ってるか！」

「いるわよー。今いっしょに晩ごはん食べたとこ」

「あー、助かったぁ」

ソファにうずくまるパパの姿が見えるようだった。悪い、パパ。……ごめん。心配かけちゃった。

「学校に来てないって担任から連絡が入って、一日中さがしてたんだぞ。野々歩のスマホはつながらないし、おまえはなんべん電話してもでないし、もう一回やってみてだめだったら、警察に相談しようと思ってたところだ！」

「ごめん、ごめん。山に入ってたから圏外だったんだと思う。待って、野々歩とかわるね」

パパの話をさえぎって、母親はイスで丸まっている野々歩にスマホをつきだした。いやいやと首をふったけれど、「だめ！」とにらまれた。観念して受けとったスマホを耳にあてる。

「……もしもし」

消え入るような声がでた。

「野々歩……」

パパの太いため息がスマホ内でエコーした。

「頼むよ。死ぬかと思ったぞ」

「……ごめんなさい」

「お母さんに会いに行くなら行くって、いってからにしてくれよ。寿命が縮む」

「……うん。ごめん」

そんな計画的な話じゃない。風によばれたのだ。だけど、それをいってもわかってもらえそうにない。野々歩は重ねてあやまるしかなかった。

「学校に心配かけてるから、母親の実家にいたって、すぐに連絡入れとく。それからまたかけなおすから」

安心したのか、パパの声にいつもの冷静さがもどっていた。

「お願いします」

といって電話を切った。

「ダメじゃない、だまってでてきちゃ。てっきりパパにいってきたのかと思ってた。失敗しちゃったね」

スマホをかえすと、母親はまるで共犯者みたいな顔でぺろりと舌をだした。

「お母さんもひさしぶりに野々歩に会えて興奮して、すっかりパパのこと忘れてた。ひどいよね、ふたりとも」

悪びれもせずコロコロ笑っている。もっとも今回は自分が原因なだけに、野々歩だってえらそうにはいえない。

すぐにまたパパからかかってきた。

「どうだ、お母さん、元気にしてるか」

今度はすっかり落ち着いた声色だ。

「うん。いつもどおり。めっちゃ元気」

ちょっぴり皮肉をこめた。

「……長いこと会ってなかったもんな」

パパは自分にも責任があるかのような言い方をすると、

「あの人の猪突猛進には慣れてるけど、野々歩までとはなあ。DNAとは、おそろしいもんだ。まいった、まいった」

とつづけた。猪突猛進？　わたし、そんなんじゃない。いつも友だちの顔色うかがってる小心者だ。だけど、学校さぼってここまで来たのはやっぱり母親のDNAのせい？

「かわろうか」

問うと、

「いや、いい。野々歩が無事とわかっただけで十分だ。それで学校、あしたどうする？」

「……休む」

「だよな。もう一度パパから電話入れとこうか？」

「ううん。あしたの朝、お母さんに電話してもらう」

「わかった。ちょっとのあいだ、お母さんに甘えて、ゆっくりするのもいいかもしれんな」

静かにいうと、パパは電話を切った。

「パパ、なんて？」

「お母さん、元気かって」

「はっは。わたしはいつだって元気ですよ」

能天気に笑いながら鍋を洗っている母親にあきれた。

――パパはすっかり白髪が増えたのに。

「ところで、あしたどうする？　野々歩も行く？」

「どこへ？」

「『森のようちえん』よ。学校休むんだったらどうせヒマでしょ」

――そういう問題じゃないと思う。

「あしたは『森のレストラン』の日だから、おいしいごはんが食べられるわよお」

おいしいごはんという言葉に反応した。

「『森のレストラン』って?」

「陽子さんがお店からデリバリーしてくれるの。それでなくてもおいしいのに、森で食べるともっとおいしくてサイコーよ」

陽子さんって、だれ? 森へデリバリーって? 母親の話は脈絡がなくて謎だらけだ。だけど、

「行ってみようかな」

つい、いっていた。とたんにはりきった母親はスマホを手に取ると、

「もしもし、陽子さん。あしたのランチ、ひとり分追加できるかな。そ、よかった。娘が急に来ちゃってさ、あした、いっしょに行くっていうの。ひさしぶりに会ったら身長ぬかれてて、ショックよ」

うかれぎみの母親の声を聞きながら、丸まっている三十郎のおなかをまさぐった。肉まんみ

たいな弾力のある体とふかふかの毛並みにうっとりした。この手ざわりに母親がノックダウンされたのもよくわかる。

結局、「森のようちえん」のくわしい話は聞けずじまいだった。でも行けば、母親が長く帰ってこなかった理由もなにかわかるかもしれない。とりあえず、あした行ってみよう。

「だらしないなあ、三ちゃん、アホっぽいよ」

だしたまま寝ている三十郎の舌を指でつついてやると、うすく目を開け、にらまれた。

3 森のようちえん 一日目

翌朝。

ドタバタ走りまわる母親の足音で目を覚ました。

「野々歩ぉ」

——うるさいなあ。

目の前にはどアップの三十郎の顔。胸の上に座りこんで、「こいつ、なにもの？」というように、野々歩の顔をじっと観察している。どうりで息苦しいはずだ。おかげでおかしな夢を見てしまった。漬物石に押しつぶされる夢。

——そっか、「森のようちえん」に行くんだった！

三十郎をはねのけ、とび起きた。

「着がえ、そこに置いてるからねえ」

台所からいいにおいがただよってくる。目が覚めて朝ごはんのにおいがするのは、ひさしぶりだ。おばあちゃんの家は平屋で、ふすまは全部開け放してあるから、においも音も、つつぬけ。

まくらもとに母親の着古したトレーナーとジャージと靴下が置いてあった。はくと、大きすぎるズボンのゴムはゆるゆるで、歩くたびずり落ちそうになる。ひっぱりだしたゴムを結んでようやくなんとか調整した。丈が短いから足首がすーすーする。着がえも持たずに来た自分が悪いんだから、ま、しょうがないよね。

「はっは。ちんちくりん」

台所に入ったとたん、母親に笑われた。

「しょうがないでしょ。お母さんの足が短いんだから」

「それは悪うございましたね」

軽口をたたいたあと、真顔にもどった母親が、

「学校へは連絡入れといたから」

といった。

「ありがとう」

こたえながら身が縮んだ。

「さ、はやく用意して。バスに遅れるよ」

せかす母親にならって、トーストに目玉焼きをのせてかぶりついた。

「あいた」

パンの角が口内炎にあたって悲鳴をあげた。

「どした？」

「口内炎」

「……野々歩はまじめすぎるところがあるから、体が悲鳴をあげたんだね」

一瞬だけ心配そうに顔をくもらせると、母親は、

「ちょっとこっちで休みなさいって、おばあちゃんがよんだのかもよ」

とにっこり笑い、食べ終えた朝ごはんの皿をシンクに音立てて入れた。

——え？　おばあちゃんが？

それはそうかもしれない。だけど、今ここでおばあちゃんをひきあいにだすのは、ずるい気がした。もっと反省してほしい。

ふきげんになった野々歩をちらりと見やると、母親は、

「あ、だいじなこと忘れてた。山にはトイレがないからね。どうしようもないときは、子どもたちはスコップで穴を掘って用を足してるけど、それがいやだったら家をでる前にちゃんとすませとくこと」

と食事中にもおかまいなく、身もふたもないことをいう。

「まだ食べてるのに！」

野々歩は行儀悪く口の中を食べ物でいっぱいにしたまま、もんくをいった。

つづいて玄関先でごそごそしていた母親が、

「靴のサイズ、何センチ？」

と声をはりあげるので、

「二十四・五」

とこたえると、

「へえ、半年でまた大きくなってる。育ち盛りってこういうことね」

という、うれしげなつぶやきが耳に届いた。

「長靴はマムシよけに必要なんだけど、そんな大きな長靴ないから、きょうは、はいてきたスニーカーでがまんしてね」

　それがどんな結果をまねくか、そのときは知りようもなかったから、

「わかった」

と軽くこたえた。

通りにでておどろいた。

町はすっぽり乳白色の霧におおわれていた。山どころか、数メートル先も見えない。すごく幻想的。

「朝方冷えたからね。このへんじゃ、よくあるのよ。でも、だいじょうぶ。朝霧のでる日はきっと晴れるから」

なにごともないように歩きだす母親のうしろ姿を見失わないように必死に追った。赤い上着と長靴と帽子にリュックサック。「森のようちえん」の子どもたちそっくりのいでたちだ。

「おはようございまーす」

集合場所の町民グラウンドには、すでに何台もの車が止まっているのが、白い霧の中にうかんで見えた。輪になっておしゃべりしている保護者たちのまわりを、色とりどりの上着に身を包んだ子どもたちがとびはねている。

すでに幼稚園バスは止まっていた。きのうと同じ、ボディに「森のようちえん」と書かれたクリーム色のバンだ。

「大型だとせまい山道を走れないからね」

母親がいう。なるほど。

「おはようございまーす」

野太い声とともに車からおり立ったのは、ひげを生やした若い男性だった。

——え？　この人が保育士？

野々歩はびっくりした。頭に巻かれたタオルといい、体になじんだ上着といい、どこからどう見ても山男だ。

「森っち、娘が見学したいというから連れてきたんだけど、いいかな？」

声をかける母親に、ホワイトボード片手に目視で出欠を取っていた男性は、

「了解でーす」

とこたえて、ちらりと野々歩に目をやった。愛想はないけれど、イヤな感じはしなかった。どうやら拒否られてるわけではなさそうだ。最近の野々歩は人の視線に敏感だ。

もう一台到着したバンには、女性の保育士が乗っていた。

「あの人はゆりっぺ。若いのに優秀なのよ。ふたりのコンビネーションはサイコー」

と耳もとで母親がささやいた。

見ていると、指示もなにもないのに子どもたちはさっさとバスに乗りこんでいく。とてもスムーズな動きだ。

──まじ？　なんで？

野々歩の経験では小学校でも中学生になった今でも、遠足なんかでバス移動となると大さわぎだ。「はい、一組から順番に乗って」「押さない。静かに」マイクごしの先生の指示と怒声が鳴りひびく。なのに、この子たちは先生の指示などなくても自主的に動いている。

「行ってらっしゃーい」

家の人たちに見送られて、バスはさりげなく出発した。

町並みはすぐにとぎれ、霧が少し薄くなった窓の外には、のどかな田園風景が広がっていた。段になった田んぼや畑の合間にぽつんぽつんと民家が見える。ところどころに赤いヒガンバナが群生していた。

山肌をなめるように、薄いベールのような霧があがっていく。その上の空は、すっきりとした青空。母親のいったとおりだ。深緑色の山と空とのコンビネーションが美しかった。それにしても、あの山のうちのいくつかがおばあちゃんの山だなんて、まだ信じられない。

景色に見とれているうちに、県道を走っていた車は、いつのまにか脇道にそれていた。ぐんぐん道幅がせまくなる。

——どこまで行くんだろう。

不安になったとき、ガタガタと車体をふるわせて砂利だらけの路肩にバスは止まった。

——ここ？　なにもないけど。

後続のバンも到着して、とまどっている野々歩をよそに子どもたちはつぎつぎと下車しはじめた。整列も点呼もないまま道からそれて、吸いこまれるように山道に入っていく。

「こんなとこを登るの？　道なんかないよ」

うしろを歩く母親にたずねると、

「昔はあったらしいよ」

なんでもないことのようにいわれた。

昔は頂上近くに神社があってここは参道だったんだそうだ。神社の参道といえば、ふつう鳥居とか石段とかがあるもんだけど、ここにはなにもない。ただのクマザサの生いしげった急な山道。そこを子どもたちはとっとこ登っていく。ここってマムシいそうだよね。野々歩の足がすくんだ。母親のいってた意味がようやくわかった。

見ると、子どもたちにつづいて母親まで勇ましく登りはじめていた。置いていかれたら大変だ。ため息つきつつ野々歩が足をあげた、そのときだった。ガランガランというにぎやかな音とともに、男の子が転がり落ちてきた。鳴っていたのはリュックにつけられた熊よけの鈴。

「キャッ」

思わずとびのいていた。

「大きなおにぎりが転がってきたと思ったら、残念。ハルくんでしたか」

のんびりした声にふりかえると、背後で森っちが笑っていた。ハルくんとよばれた男の子もひゃっひゃっと声をあげて笑っている。すでに上着はササまみれ。助けるかと思いきや、森っちは、「お先にぃ」とハルくんをまたぎこして、さっさと先に行ってしまった。

——えー、どうすりゃいいのよ、この子。

置いていくわけにもいかず、野々歩はとほうに暮れた。しかたなく、うしろから見ていると、めげるようすもなくハルくんは、とびだしていた木の根っこをつかんで、ふたたび山道に取りついていく。そして「うん、うん」うなりながら、とうとうたいらなところまで登りきった。

「やったぁ」

高いところでピョンピョンとびはねているハルくんを見ていたら、野々歩までうれしくなった。

「やったね！」

とエールを送ったら、

「登れる？」

とまさに上から目線で聞いてきた。

「登れるよ」

こんな小さい子にバカにされるわけにはいかない。野々歩は両手でササをつかみながら、ひと息に登りきった。さすがに息が切れた。

ところがあたりを見わたすと、もうだれの姿も見えなかった。ただ薄暗い森が広がっているだけ。

——みんな、どこ行ったんだろう。

ハルくんとふたりきりでこんなとこに取り残されたらヤバイ。体に緊張が走った。耳をそば立ててもなんの気配もない。木の間ごしに陽がさしていた。朝の光はやわらかくて、まるでレースのカーテンに森全体が包まれたみたいだった。

「……だれもいないねえ」

心細い声をあげたのは野々歩。ハルくんはひとりで難所を登りきった高揚感に、ほおを紅潮させて鼻歌を歌っている。

そのとき、木立の向こうからやさしいハモニカの音色がとぎれとぎれに流れてきた。

「あ、ナナメの会がはじまっちゃう」

ハルくんが足取りをはやめたので、あわてて野々歩もあとを追った。

ずり落ちそうなきつい斜面のあちこちに、子どもたちが散らばっていた。そうか、地面がナナメだから、ナナメの会なのか。ゆりっぺのふくハモニカにあわせて元気いっぱいの歌声が木々をふるわせている。

「まいにち元気なコロボックルの子、きょうはどんな声、聞けるかなー、翔くん!」

なんかこのメロディー、聞き覚えがある。そうだ、『静かな湖畔』だ。音楽の時間に習った。

「ウオー、ホッホ」

翔くんとよばれた子はゴリラみたいに胸をドラミングした。

「おー、いいねえ。まいにち元気なコロボックルの子、きょうはどんな声聞けるかなー、あやめちゃん！」

「はぁーい」

だんだんはやくなる歌にのせて、つぎつぎと名前がよばれ、よばれた子は思い思いの返事をかえしている。これがコロボックルの朝の会か。ハルくんも、「おなかがすいたー」と元気いっぱいにこたえていた。だよね、さっきあんなにがんばったんだもん。野々歩がにんまりしたとき、

「もう名前をよばれていない子はいないかな？」

とのゆりっぺの問いかけに、

「いるー。この人」

と近くで枝をふりまわしていた男の子が、野々歩を指さした。さっき輝くんって、よばれていた子だ。

とたんに体がかたまった。こういうシチュエーションは苦手だ。注目されるのも人前で大きな声をだすのも大きらい。野々歩の動揺を見てとったゆりっぺが、

「このお姉さんは尚美さんの娘さんでーす。きょうは一日みんなといっしょに過ごします。お名前だけ教えてください」

とうまくフォローしてくれた。助かった。

「野々歩です」

ぶっきらぼうにこたえた。

「の、の、ほ」

「のの、ほ」

なんだかみんないいにくそうだ。すると輝くんが、

「じゃあ、のんのんは？」

といって、それが野々歩のよび名になった。十歳近く年上の野々歩がすっかりけおされていた。この子たち、なんか迫力あり過ぎ。

朝霧のしみた山の土はしめっていた。しゃがんでいると、濃い土のにおいといっしょに冷気

がおしりからはいあがってくる。ぶるりと野々歩は身ぶるいした。

「じゃ、そろそろ行こうか」

ゆりっぺがハモニカをしまったところで、ナナメの会はお開きになった。ホッとした。ところがみんな出発したのに、ハルくんだけ地面にしゃがみこんだまま動こうとしない。

「……ハルくん、みんな行っちゃうよ」

親近感を覚えはじめていた野々歩が、遠慮がちに声をかけても、

「ダンゴムシ！　こいつ、オスだ」

と、なにやらひとりで興奮している。ダンゴムシのオスとメスなんて見わけがつくの？　とまどう野々歩を尻目に、

「エリちゃんにあげよう」

とハルくんは本格的に斜面にしりをつくと、腐葉土の下のダンゴムシを発掘しはじめた。朝ごはんのまっ最中だっただろうダンゴムシには、めいわくな話だ。そこへ、

「ハルくーん」

と天使のような声が空からふってきた。

見あげると、木立のあいだにピンクの上着がのぞいている。

「エリちゃーん、ダンゴムシ見つけたよ！」

立ちあがってさけぶハルくんに、

「えー、すごーい」

ピンクの上着が宙に舞った。ほんとうに宙を舞うチョウみたいに軽がると山を駆けおりてきたエリちゃんは、

「ダンゴムシィ、ダンゴムシィ」

と歌いながら、ハルくんのわきにしゃがみこんだ。

「ほら」

ハルくんがもみじのような手を開くと、黒光りするダンゴムシが数ひき丸まっていた。

「げっ」

野々歩の口から思わず声がもれた。虫は苦手。気持ち悪い。ところが、

「かわいーい」

とエリちゃんは、はずんだ声をあげた。

「あげる」

ハルくんは、いかにもほこらしげに手をつきだした。ハルくんの両方の鼻の穴からは盛大に鼻水がたれていた。だけど、そんなこと気にもせず、

「ありがとう」

とエリちゃんは両手で受けとって、大切そうに上着のポケットにしまいこんだ。

「行こ！」

ふたりは手に手を取ると、さっさと山道を登りはじめる。体幹がしっかりしているのか、足取りはたしかで危なげがない。一足ごとにふらつく自分がなさけないけれど、置いていかれるわけにはいかない。ずり落ちそうになるジャージをひっぱりあげながら、野々歩は必死であとを追った。なにしろ今はこのふたりだけが頼りだ。

「待ってー」

なさけない声をはりあげた。

ようやく追いついて、聞くともなくふたりの会話を聞いていると、

「エリちゃん、ぼくのリュックのひも持っていいよ」

ハルくんがリュックのひもをエリちゃんにさしだしている。

「ありがとう。エリちゃんのはね、ママが結んじゃったの。長すぎると踏んづけるからって」

「そうなんだ。でもぼくのを持てばいいよ」

「うん。そうだね」

ふたりはまるで小さな恋人同士みたいだった。どこかでつながっていたいって気持ちがひしひしと伝わってきて、野々歩の胸がキュンとなった。

――なんか、うらやましい。

野々歩自身は男子にときめいた経験はない。だって同級生の男子ときたら幼稚でガサツで、ハルくんみたいに紳士じゃないもの。

風に乗ってエリちゃんの鼻歌が流れてくる。あまり聞き慣れないメロディーラインだ。とび色の瞳にタンポポの綿毛みたいなふわふわの髪の毛。エリちゃんのお父さんかお母さんはきっとどこか外国の人なのだろう。

汗だくになりながら、ようやくみんなに追いついた。

昔、神社があったという場所は広っぱになっていた。木と木のあいだに、まるでクモの巣みたいな巨大なロープネットがはられていて、そのうえで何人もの子どもたちが遊んでいた。寝転んで空を見あげながらおしゃべりしている子もいれば、トランポリンみたいにはねている子もいる。輝くんは木のまたとまたのあいだにわたされた丸太の上を、サーカスの綱わたりよろしく、わたっていた。見ている野々歩の目の前でぐらりと丸太がかしいだのでとびあがったけれど、輝くんは何食わぬ顔で身軽くとびおりた。すごい身体能力。

霧が晴れたあとの森は、色とりどりのTシャツ姿の子どもたちで、まるで花がさいたみたいに華やいでいた。「く」の字や、「し」の字、中には「ん」の字になった子どもたちが、あちこちの枝にぶらさがっている。小鳥のさえずりに混ざって歓声が森にこだまする。なんだかとても幻想的で、絵本の世界にまぎれこんだみたいだった。緑のにおいをふくんだ風が野々歩の前髪をゆらして通った。

——わたしをよんだのは、この風だったのかも。

ふいに思った。

「きつかったでしょ」

いつのまにか母親がそばに立っていた。

「だいじょうぶ。平気」

強がりだった。全然平気なんかじゃない。ひざはがくがくするし、スニーカーの中で親指がつっていた。ふだんつかわない筋肉をつかったせいだ。

「この子たち、最強でしょ。くだりも覚悟しといたほうがいいよ」

どこか楽しむように、母親は片ほおで笑った。そういう自分だって、髪の毛はびょぬれで日焼けしたおでこにはりついている。ひさしぶりに会ったとき、違和感を覚えたのはこのせいだ。色白だった顔がすっかり日に焼けていた。

「水分だけはとっときなさいよ」

注意をあたえる母親に、

「この山もおばあちゃんの山？」

小声でたずねると、

「そ。遊具はみんな森っちや保護者のお父さんたちの手づくり。すごいでしょ」

と自分の手柄みたいに胸をそらせた。そうなんだ。それにしても山の中にこんな遊園地みたいなところがあるなんて、思いもしなかった。

「材料はみんなあるしね。山ってほんとうに豊か。なんで昔はここにはなんにもないなんて思いこんでたのか、自分でもあきれる。そこへいきゃ、この子たち天才よ。おもちゃなんて全然ほしがらないもの。山の木も水も生き物たちもみんな友だちよ」

首にかけたタオルで汗をぬぐう母親の瞳が、生き生きと輝いていた。母親こそ新しいおもちゃを見つけた子どもみたいだった。

森っちとゆりっぺは、たきぎ拾いにいそしんでいた。拾った細枝をリュックにつめこんでいる。いったい、なににつかうんだろう。

4　森のレストラン

いつのまにか子どもたちは一斉に帰り支度をはじめていた。リュックを背負い、すでに歩きだしている子もいる。指示もないのになんで？　とりあえず野々歩もみんなにならってスニーカーのひもを結びなおし、リュックを背負った。通学用のスニーカーは泥と落ち葉にまみれて見るも無残な姿だった。

——あーあ、これじゃ、あした学校にはいてけないな。

思ってどきりとした。

——あした、学校どうしよう。

あせりに胸が焼かれた。

考えたら、いつもいつもあせっていた。宿題、はやくやらなきゃ。あしたのテスト勉強、どうしよう。友だちからのラインにまだ返事してない。即レスが暗黙のルールなのに。

そういえば、野々歩のまわりは暗黙のルールだらけだ。ひっかかったり、とまどったりしている間はない。すぐに置いていかれる。学校ってところは待ったなしなのだ。

「さあて、どっからおりる？」

のんびりとした、だけど、よくひびく森っちの声にハッと我にかえった。

「ガケのコース！」

「ガケ、ガケ、ぜったいガケー」

輝くんが枝をふりまわして興奮している。

——え、ガケって？

悪い予感がした。野々歩の本能が警告音を発する。ピッピッ、ピッピッ、キケンです、キケンです。

予感はあたった。

子どもたちのあとについて森をぬけると、いきなり視界が開け、霧の晴れたあとの真っ青な空が目の前に広がっていた。そして足もとへ目を移すと、そこにはいきなりの切り立ったガケ。野々歩はヒュッと音立てて息をのんだ。下腹がむずむずする。眼下にはぽっかりと谷が口を開けていて、底にログハウスらしき建物の屋根が見えた。

——まさか、ここをおりるの？

野々歩は高所恐怖症だ。じまんじゃないけど、ジャングルジムのてっぺんだって、いまだかって登ったことがない。なのに、ここをおりる？

——ない、ない、それはない。

ずるずるあとずさりする野々歩を尻目に、子どもたちはつぎつぎとガケの先端からとびこんでいった。よく見ると、黄色いロープが一本ぶらさがっていて、それをたぐりながら、はねるようにおりていく。

キャッホー、キャッホー。

野々歩のみぞおちがギュッと縮んだ。だけど、なぜか目が離せなかった。

女の子もふくめて、ほとんどの年長さんはおりてしまったが、ハルくんやエリちゃんたち年少の子たちはへっぴり腰でこわごわ上からのぞきこんでいる。

「どうする？」

柴のとびでたリュックを背負ったゆりっぺの声かけに、ハルくんは、

「もどる！」

と即答すると、来た道をさっさとひきかえしはじめた。

「もどる」

すぐにエリちゃんとほかの子たちもつづいた。どうやらコロボックルでは決めるのは子どもたちらしい。

——そうか。ひきかえすという手もありか。

ところが、ハルくんたちを追ってきびすをかえしかけた野々歩の足が、なぜか止まった。

——とびたい。

「え？」

だれかの声が聞こえた気がして、思わずあたりを見まわした。

だれもいない。あやつられるように、野々歩はもう一度ガケの縁にひきかえして下をのぞきこんだ。ほとんど直角。しかも相当な高さ。見るだけで足がすくむ。

先にくだりきった子どもたちがログハウスのまわりで遊んでいた。風に乗って楽しげな笑い声があがってくる。

うしろをふりかえると、ハルくんたちの姿は消えていた。

今、野々歩はひとりっきりでガケの上にたたずんでいた。だれの指示もあおげない。

ヒュー。

一陣の風がおでこの汗を冷やしていった。ぶるりと身ぶるいがでた。

――どうする？

自分で自分に問いかける。野々歩の中で、少しずつなにかがうごきはじめていた。今までは周囲にあわせていれば、なんとかなった。ここでなにをいうのが正解で、どうすればうかずにすむか、そればっかりに気をとられていた。

だけど今、たずねる相手は自分だけ。どうする？　野々歩。

「とぶ」

声にだしたとたん、心が決まった。それで気がついた。

――わたし、ほんとうは、とびたかったんだ。

野々歩はおそるおそるうしろ向きになると、みんながすがっておりていたロープを手に取った。意外と細い。

――こんなので、だいじょうぶ？

子どもたちと自分との体重差を考えると不安になるが、森っちもつかっていたから、たぶんだいじょうぶなんだろう。無理やり自分を納得させた。

あとは一歩を踏みだすだけ。だけどどこに？　ガクガクふるえる足が宙をさまよった。

「のんのん、下見ちゃだめ！」

ガケの下から、輝くんのするどい声がとんできた。

「足もとだけ見るんだよ」

いつのまにか散らばって遊んでいた子どもたちが集まって、ガケの上でかたまっている野々歩を心配そうに見あげている。

「ロープをしっかりにぎって、足を乗せられるくぼみをさがすんだ」

森っちも子どもたちといっしょに声をはりあげた。

――くぼみ、くぼみ。

またのあいだから下をのぞくと、スニーカーの先がかろうじてひっかかりそうなくぼみがあった。

――あれだ。

ロープにしがみつき、うしろ向きにおろした足先でこわごわくぼみをさぐる。思いきって体重をあずけたとたん、バランスがくずれて、体が宙で大きくゆらいだ。

「きゃっ！」

心臓がはねあがり、思わずロープを離しそうになった。

「だいじょうぶ、落ち着いて！　つぎのくぼみをさがして」

森っちの野太い声にはげまされ、つづいて伸ばした左足で岩肌をさぐる。ひっかかりを見つけた。

「そうそう、そうやって一歩一歩慎重におりるんだ」

──うー、腕が痛い。

学校の体力測定で、野々歩の握力は最低レベルだった。懸垂も二、三回が限度。あー、体育もっとがんばるんだった。

そのとき、ロープをにぎった手が汗ですべりそうになった。うわっ。心臓がはねあがる。

「ガケにはりつかないで。できるだけ腕を伸ばして」

──そ、そういわれても……。

恐怖に飲みこまれそうになりながら、ぶるぶるふるえる腕をはげました。ひたいからしたたった汗が目に入ってしみた。ぎゅっと目をつむる。

――うー、もう限界……。

泣きそうになったとき、スニーカーの先がやわらかい土の感触をとらえた。

――え？

「イエーイ」

歓声があがり、子どもたちのとびはねる姿が目に入った。

とっさに事態が把握できなかった。両足が地面についてはじめて、ガケをおりきったことに気づいた。

――おりられたんだ。

とんとんはねて地面の感触をたしかめる。

「やったねー」

輝くんにハイタッチで祝福されてようやく声がでた。

「うん！」

なにごともなかったかのように森っちは作業にもどり、子どもたちは遊びを再開した。

ひとりになった野々歩は、あらためてガケを見あげた。やっぱり高い！

――すごいじゃん、わたし。やるじゃん。

ふつふつとうれしさがわいてきた。それといっしょにほこらしさも。野々歩はふいてもふいても、ふきでる汗を肩口でぬぐった。

「えっ、野々歩、あんた、ガケからおりたの？　うそ！」

ハルくんたちといっしょに遅れて到着した母親が目をむいた。

「ふふん」

ドヤ顔でこたえた。

全員が合流したのは、ガケの上から屋根だけ見えていたログハウスだった。入り口に細枝で「コロボックルハウス」と書かれている。

ログハウスのまわりは、森の中にぽっかり空いた大広間みたいだった。赤や黄、色とりどりの落ち葉のじゅうたんが敷きつめられている。近くに川があるのか、さらさらとやさしい水音もひびいてくる。

「ここもおばあちゃんの山？」

野々歩の問いに母親は、

「そ。ここにログハウスを建てたいって話がでたとき、おばあちゃん、自由にまわりの木を切っていいから、存分におやんなさいって、ハッパかけたんだって。もはやコロボックルの伝説よ」

とこたえた。

「へえ、かっこいいじゃん、おばあちゃん」

「そういう太っ腹なところがあったわね。だけど、好奇心旺盛だから自分が一番わくわくしたんじゃない。建ててるとき、しょっちゅう見物に来てたらしいから」

「だれが建てたの？」

「森っちと保護者の人たちみんなでよ」

「すごーい」

首にかけたタオルでさかんに汗をぬぐいながら、

「こっちにいるとね、自分の知らなかったおばあちゃんにいっぱい出会うことになって、ああ、生きてるうちにもっとちゃんと向きあえばよかったって、後悔することばかりよ」

と、母親は遠い目をして薄日のさしはじめた空を見あげた。気のせいか、その目が少しうるんで見えた。

野々歩の中でも、ぼんやりしていたおばあちゃんの輪郭が少しずつ濃くなっていく。曲がった腰に手をあてて、うれしそうにログハウスを見あげるおばあちゃん。「存分におやんなさい」と、みんなにハッパをかけるおばあちゃん。

「もっと会いたかったな」

母親と並んで空を見あげながら、野々歩もぽつりとつぶやいた。

「見て、ロンドン橋だよ」

輝くんが、枝を直径五十センチほどの穴にわたしてさけんでいる。

「ロンドン橋わたれ、わたれ、ロンドン橋ー。だれか、わたる人ー？」

歌いながらの勧誘に、ひとりの男の子が乗った。

「はーい」

枝の太さはハルくんの腕ほどだ。見ている野々歩の目の前で、バキン！　案の定、枝は折れて、男の子は穴に落っこちてしまった。底に水がたまっていたのか、ズボンもTシャツも泥まみれだ。はねた泥のしぶきをあびて、輝くんの顔も水玉もよう。

――うわ、サイアク。

「キャハッハッハハ」

それなのに、そんなことは気にもせず、ふたりは楽しそうに笑い転げている。野々歩は汚れるのは苦手だ。保育園のころも泥だんごづくりに熱中する友だちを、離れたところから冷めた目で見ていた。

あたりを見わたすと、落ち葉の散り敷かれた斜面を丸太転がしみたいに転がっている子もいれば、木登りをしている子もいる。太い枝からつるされたロープ製のブランコを、天まで届けとばかりにこいでいる女の子もいる。それぞれがそれぞれのやり方で森とたわむれていた。

そのとき、鼻先をけむりのにおいがくすぐった。もくもくと白いけむりがあがっている。見ると、広場の端のブロックのかまどらしきもので森っちが小枝を燃やしていた。

「ごほごほごほ」

けむりに巻かれた野々歩がせきこむと、

「あー、悪い、悪い。けむりで蚊を追っぱらってるんだ。これも山生活の知恵」

といいつつ、風向きが変わって、今度は森っちがせきこんだ。

「ごほ。今度はこっちか。山にはなんでもあるでしょ。プールなんてなくても、夏になると、そこの川で水遊びできるし。だけど水がめちゃくちゃ冷たいから、五右衛門ぶろをわかして、ときどきあったまりながら遊ぶんだ」

木の間ごしに川のほとりに置かれた大きなドラム缶がのぞいていた。

無口かと思った森っちだけれど、山の話になると饒舌だ。話しているうち大きくなった炎の上に五徳らしきものを置き、真っ黒にすすけたフライパンをのせた。そのときだった。

「森っちー、ほらー」

と大きな声でさけびながら男の子が駆けよってきた。にぎっていた手をパッと広げると、三センチほどのサワガニがはいまわっていた。オレンジがかった体は透明でものすごくきれいだ。

――宝石みたい。

見とれていると、

「どうする？　食べる？」

と森っち。とんでもない展開にかたまる野々歩を尻目に、

「食べる！」

男の子は即答して、フライパンにポイッとサワガニを放りこんだ。ジュッ。けむりがでた。

それを森っちが、はしがわりの枝でいりつけると、あたり一面に香ばしいにおいがただよった。

カニといっしょに小さな栗もフライパンの上ではねていた。

「さあ、できたぞ」

真っ赤にいりあがったカニを、森っちがはしでつまんでさしだすと、男の子はフーフー息をふきかけながらかじりついた。カリッといい音がでた。

「おいしーい！」

男の子の顔がほころぶ。

「な、うまいよな」

ごくりとつばを飲みこむ野々歩の鼻先に、

「食べてみる？」

と軍手の手がつきだされた。はじけた栗が湯気をあげている。迷わずつまんだ。

「あっち」

あやうく落としそうになってあわてた。炭化した皮をむき、口に入れると、濃厚な甘みが口の中いっぱいに広がる。今まで食べていた栗はなんだったんだと思うほどの甘さ！

「おいしーい」

思わずため息がでた。

「だろ」

満足そうに森っちは、こんどは真っ黒にすすけたやかんを火にかけた。

森っちって、今まで野々歩が出会ってきたおとなと、まるで肌ざわりが違う。火の番をしている丸まった背中が森の番人みたいだ。

ログハウス横の大木のブランコでは、さっきの女の子がまだ飽きず遊んでいた。カモシカみたいにバネのきいた体が空へと勢いよくとびだしていく。丸太んぼうをたおしただけの平均台では、両端から進んだふたりが出会ったところでじゃんけんをして、負けたほうはふりだしにもどるという遊びがはじまっていた。

ハルくんは、と目でさがすと、女の子たちにまざっておままごとに興じていた。

「オーマイガッ。ノーノー、どんぐりは食べちゃだめですよ」

どうやらエリちゃんがお母さんで、ハルくんは赤ちゃん役らしい。

そばに立って見ている野々歩に、

「のんのんさん、どうじょ」

エリちゃんがフキの葉をさしだした。葉っぱの上には、芯だけになった松ぼっくりと、ハルくんからのプレゼントのダンゴムシ。思わずあとずさりしそうになったけれど、

「なにこれ？」

と聞くと、

「エビフライとごはんだよ」

とかえってきた。はぁー、そういうこと。

「ありがとう。いただきます」

息を止めて食べるふりをする野々歩を、エリちゃんはとび色の丸い目でじっと見つめていた。

「ごちそうさま」

葉っぱをかえすと、

「おいしかった？」

と真剣そのものの表情で聞かれた。

「おいしかったよ」

とこたえると、満足そうにエリちゃんは笑った。両方のほっぺにかわいいえくぼがうかんだ。

朝霧のでた日は晴れるという母親の予報どおり、透明な光が筋になって林にふりそそいでいた。光を受けた落ち葉のじゅうたんが金色に輝く。

——こんなところがあったなんて知らなかった。

野々歩は両手を広げて空をあおいだ。深く息を吸いこむと、山のしめった空気が肺いっぱいに広がり、なぜか目尻に涙がにじんだ。

——なんていい気持ち。

ずっと息をつめて暮らしていた。だれかの視線、だれかのささやき、だれかの吐く息、だれかの悪意。そんなものにばかり神経をとがらせていた。そのうち、どんどん自分の輪郭が薄くなって、透明人間みたいになっちゃうんじゃないかと、怖かった。

ここではみんな自分が主人公だ。思いのまま遊び、思いのまま笑っている。開かれているのだ。心も体も。野々歩は、カタツムリみたいにすぐにひっこんでしまう自分を小さいと感じた。

ワンワンワン。

そのとき、大型犬の鳴き声が谷間にこだました。その声を合図に、遊んでいた子どもたちがいっせいに林道の方角に向かって駆けだした。

——え、なに？

薄暗い林道に黄色いワンボックスカーが止まっていた。中から大型犬がとびだしてきて、そのあとから大きな炊飯器をかかえた女の人が、よたよたとおりてくる。バンダナを巻いた頭、ふわりと広がる白いエプロン。

——あ、あの人がきのうお母さんと電話で話してた陽子さんか。

陽子さんも森っちに負けずおとらず、「森の人」という雰囲気を身にまとっていた。

「ソックスー」

ハルくんたちは犬のもとに駆けよってじゃれあっている。ソックスとよばれた犬は、黒と茶色のまだらもようで、ふかふかの毛の足先だけ白い。なるほど、それでソックスか。

年長さんたちは、うばいあうように陽子さんの手から炊飯器を受けとると、「よいしょ、よいしょ」とかけ声をかけながら広場めざして運びあげていく。大きな寸胴鍋やアルミ皿もあって、なかなか大変そうだ。だけど、おとなたちはだれも手をかそうとしない。

ぶんふって。

「陽子さぁん、ソックスー、ありがとう」

子どもたちの盛大な声に送られて、デリバリーを終えた陽子さんとソックスは帰っていった。陽子さんはひらひらと手をふって、ソックスはりっぱなしっぽを風が起こりそうなくらいぶんぶんふって。


子どもたちと並んで手をふっている母親に、

「手伝わなくていいの？」

と聞くと、

「だいじょうぶ。あの子たち慣れてるから」

あっけらかんと、かえされた。

「きょうはイタリアンだね。いいにおい」

こちらもなにもする気のなさそうなゆりっぺが並んで立った。

「陽子さんはね、ホテルのシェフだったんだけど、捨て犬だったソックスを拾ったことで、こっちにひっこしてきたの。あんな大きな犬、都会のマンションじゃ飼えないもんね」

「え？　犬のせいで仕事やめちゃったってことですか」

野々歩の目が丸くなる。

「うん。でもずっと田舎暮らしにあこがれてもいたんだって」

「人生って不思議よねえ。なにがターニングポイントになるか、わからない」

うーん。そんなこともあるのか。

三人が立ち話をしているあいだに、子どもたちの手で着々と「森のレストラン」の準備が整えられていく。のんびりしているのは野々歩とおとなたちだけ。小さなハルくんやエリちゃんもなんらかの仕事を見つけて動きまわっている。

あたり一面にいいにおいがただよった。トマトのすっぱいにおいが食欲を刺激する。あれはきっとミネストローネ。

ぐぅー。

野々歩のおなかが盛大に鳴った。ふだん朝からこんなに運動することなんてないから、無理もない。

冬はたき火をかこむのか、土のこげたところを中心に丸太がいくつかごろんと転がされていた。そこが客席らしい。木のテーブルには、ホテルのバイキングみたいにおいしそうな料理が並べられていた。

　それぞれリュックから取りだした皿とおわんを手に、子どもたちが列をつくる。

「うそ。食器がいるの？」

「ちゃんと、あんたの分も持ってきてます」

　母親からアルミの皿とコップをわたされ、ほっとした。よかったあ。このシチュエーションで食べられなかったら泣くよ。

　子どもたちは落ち着いたようすで、順に器に自分の食べたいものを食べたいだけよそっていく。おかわりは自由なんだって。

　炊飯器の中身はいろどり豊かなピラフ、寸胴鍋は予想どおりミネストローネスープだった。おまけにアルミ皿では大好物のマカロニグラタンが湯気をあげている。うわー、どれもおいしそう！　しかもボリューム満点。それにしても、おとな四人と子どもたちだけでこんなにたくさん食べられる？

　心配は無用だった。食欲全開の子どもたちはおかわりをくりかえし、負けじとおとなたちも列に並んだ。食の細くなっていた野々歩も、近ごろではめずらしくたくさん食べた。

三十分もしないうちに、どの容器もきれいに空っぽになった。名残惜しそうに輝くんはスプーンでガシガシ、グラタンのこげつきをかきとっている。

「はっは。あんな姿見たら、陽子さんよろこぶね」

「あの子のお皿、カッコいいよね」

さっきからずっと輝くんの木のお皿が気になっていた。うきあがったしまの木目がカッコいい。

「輝くんのパパさんは木工職人だからね。ここ数年、智頭町には移住してくる若い人が増えて、エリちゃんのパパはニュージーランドから来たアーティストだし、あやめちゃんのご両親は天然酵母をつかってパンを焼いてる。それから翔くんちは養蜂家。みんな森の可能性にかけてるんだよね」

ゆりっぺが教えてくれた。

「わたしの若いころは、なんにもない田舎がいやでいやで、はやくここをでたいって、それしか考えてなかったけど、変われば変わるもんね」

水筒片手の母親は、考えこむようすでまなざしを遠くの山へと向けた。青い山の稜線がくっきりとした線を描いていた。

——森の可能性！　なんだかわくわくする。

「お母さん、なんでもっとおばあちゃんちに連れてきてくれなかったのよ」

損をした気分になった野々歩は、思いきり、くちびるをとがらせた。

「え？」

ふいをつかれたように野々歩をかえりみた母親は、

「ほんとうにねえ。……でも今からでも遅くないいんじゃない？　たびたび来ればいいよ」

とやわらかな笑顔を向けてきた。

「ごちそうさまでしたあ」

おなかがいっぱいになり、満足しきった子どもたちの元気な声が林をわたっていく。

「ごちそうさまでしたあ」

遠くの山から、こだまがかえってきた。

あと片づけも全員でするらしく、

「うんしょ、うんしょ」

年長さんも年少さんもいっしょになって炊飯器や鍋を川まで運び、タワシでごしごしこすっていた。残飯はほとんどないけど、あっても川の魚やカニが食べてくれるんだそうだ。子どもたちの食べ残しを川の魚やカニが食べて、その魚やカニを子どもたちが食べて……。これって完璧、循環してるよね。

雲の動きがはやくなった。風も冷たくなって、急にあたりが暗くなった。

「しぐれてきた」

おとなたちの動きがあわただしくなる。

森っちが、ギター片手に『アンパンマンのマーチ』を奏でながら、丸太に陣取った。ギターにあわせて、そそくさと帰り支度を終えた子どもたちが、森っちをかこんで輪になって座る。

終わりの会がはじまった。

「きょうのお話したい人ー」

森っちのよびかけに、「はぁーい」「はぁーい」といっせいに手があがって、朴の葉のマイクがまわされた。一番は輝くん。

「岡田輝です。聞いてください。橋をつくって、修也くんと遊んだのが楽しかったです」

輝くんが話し終わるやいなや、「はいはい」「はあーい」とまたいっせいに手があがった。みんな話したくてたまらないって感じ。「だれか意見はありませんか」クラス委員の声だけがむなしくひびく、野々歩たちのホームルームと大違いだ。

「じゃあ、あやめちゃん」

輝くんからあやめちゃんにマイクがまわった。

「園部あやめです。聞いてください。お店屋さんごっこがたのしかったです」

子どもたちはつぎつぎと立って発言した。いつものくせで野々歩はそっとハルくんの背後にかくれた。

そのあいだも、空はどんどん暗さを増していき、会の終わりに全員で山に向かって、「ありがとうございました」と頭をさげるころには、こずえにあたる雨が大きな音を立てていた。子どもたちにならって、母親がリュックに入れてくれていた雨具を急いで着こむ。それでも、ようしゃなく首筋から入りこんでくる雨にブルッと身ぶるいがでた。一気に気温がさがっていた。

来たときに車を止めた場所まで、うっそうとした杉林のあいだの林道を急ぐ。石がごろごろしていて歩きにくいうえに、作業用車両のわだちが残る道には、すでにあちこち水たまりができていた。油断(ゆだん)すると足をとられる。

「うーん、うーん」

顔にあたる雨がうっとうしくて足をはやめる野々歩の後方から、なにやら苦しげな声がした。ふりかえると、あやめちゃんが、大きな炊飯器(すいはんき)をかかえてうめいている。ハルくんとエリちゃんが手をそえてはいるものの、ほとんど助けにはなっていない。炊飯器を陽子さんの店にかえすために、幼稚園(ようちえん)バスまで運ばなきゃいけないのだ。

きびすをかえしかけた野々歩のカッパを、ゆりっぺがつかんだ。

「放っといて」

え、なんで。この状況(じょうきょう)で知らん顔ってひどくない？

「あやめちゃんち小さい弟や妹がいて、家でもここでもキャパオーバーになるまでがんばり過(す)ぎちゃうの。がんばるのはいいことだけど、しんどいときに『助けて』っていえないとこまるから、わたしたち、あやめちゃんが自分から『助けて』っていえるようになるのを、ずっと待ってるの」

真剣そのもののゆりっぺの表情にけおされた。プロの目だ。森っちも、ゆりっぺも、ゆるく見えて、じつはものすごくよく子どもたちを観察している。

「……生きてるといろいろあるし、人間はひとりじゃ生きていけないでしょ」

肩を怒らせて先を行くゆりっぺが、低い声でつぶやきはじめた。雨音がじゃまをして聞きとりにくい。野々歩はカッパのフードをはらいのけ、ゆりっぺのそばで耳を澄ませた。

「わたし、意地っぱりでずっと助けてっていえなかったの。そのことで、かえってまわりにめいわくかけちゃったんだけど、いえたら必ず助けてくれる人っているんだよね。そのことをあやめちゃんにも知ってほしい」

クールに見えるゆりっぺが熱く語っていた。それが野々歩の胸にささった。

——え？　「助けて」っていうのは負けじゃないの？

雨はますます激しくなっていた。ゆりっぺと並んで歩きながら、野々歩は混乱した頭で、背後のあやめちゃんの気配に耳をそばだてていた。

「うぇーん、えっえっ」

雨音に混じるうめき声が嗚咽に変わった。

「あやめちゃん、どうしたの？」

「だいじょうぶ？　あやめちゃん」

ハルくんとエリちゃんは、いつもしっかり者のあやめちゃんが泣きだしたので、すっかりうろたえている。

「……もうひと息。『助けて』っていいな」

フードの下でゆりっぺが、くちびるをかみしめる。

そのときだった。

「うわあーん。重いよお、だれか持ってー」

風船が破裂したような泣き声が林にひびきわたった。あまりの大声に、あたりの枝がふるえて水滴がしたたった。

「いえた！」

野々歩とゆりっぺが顔を見あわせたと同時だった。林道をぴちゃぴちゃと、泥水をはねとばしながら駆けもどってくる子がいた。輝くんだ！

「ごめん、あやめちゃん。持つよ」

肩で息をしながら輝くんは、すぐにあやめちゃんの腕から炊飯器を取りあげた。

「えっ、えっ、ありがとう」

しゃくりあげながら、あやめちゃんはお礼をいった。顔は雨と涙と鼻水でぐしょぐしょだ。よほどほっとしたのだろう、「ふぅー」というため息とともに落とした細い肩がいじらしかった。

——よかったぁ。

野々歩ののどがつまる。横目でうかがうと、ゆりっぺも手の甲で鼻をこすっていた。

「おうりゃあー」

頭の上まで持ちあげそうな勢いで炊飯器をかかえあげると、輝くんはおしりをつきだしたアヒル歩きでよたよた歩きだした。なんとも、ぶかっこう。だけど一生懸命な背中がカッコいい。

「輝くん、ナイスフォロー、サンキュー」

ゆりっぺのはずんだ声かけに、輝くんは勇ましく、

「おぅ」

と前を向いたままこたえた。

5 ぽんぽこ温泉(おんせん)

コロボックルのみんなとわかれて家に帰った。体がすっかり冷えていた。具だくさんのみそ汁とおにぎりのからあげの夕飯をとっているとき、車で十五分ほどのところに温泉があると母親がいうので、さっそくでかけることに話がまとまった。

――温泉！

体中の筋肉が強ばっていたから、温泉と聞いただけでほおがゆるんだ。

母親の車に乗りこむと、なつかしいにおいがした。車内は相変わらずなにかの書類や飲み終えたコーヒーの空き容器なんかが転がっている。

「どうよ？　コロボックル」

街灯もまばらな山道をけっこうなスピードで母親はとばしていく。古ぼけた軽はカーブのたびきしんだ音を立てた。

「疲れた」

体もだけど、心がいそがしかった。いろいろなことにゆさぶられつづきの一日だった。

「あの子たち、ハンパないでしょ」

「……うん」

正直にこたえた。あんな小さい子たちに完璧に負けていた。この敗北感はなんなんだ？　ぱんぱんにはったふくらはぎが問いかける。

「パパとね、はじめて会ったの。今から行くぽんぽこ温泉で」

いきなり話題が飛躍して、ダッシュボードにおでこをぶつけそうになった。母親っていつもこう。あっちこっちに話がとぶ。

「……」

なんてかえせばいいのか、わからない。だいたい親の恋バナなんて聞きたくもない。大学の先輩と後輩だったということは聞いたことがある。ちらりと横目でうかがうと、フロントガラスの向こうを見つめる母親のまなざしはやわらかかった。

「ああ見えてパパ、学生時代にバンド組んでてね」

「ぷっ」

思わずふきだした。メガネをかけて謹厳実直を絵に描いたようなパパがバンドなんて、想像するのもむずかしい。

「笑わないの」

そういいながら、つられて母親もふきだした。

「今はもうやってないけど、昔あそこの温泉で『ぽんぽこ温泉夏祭り』ってイベントやっててね、そこに出演してたの。今から考えたら笑っちゃうぐらい昭和だよね。だけど田舎の高校生だったわたしには、ベースギターかかえた姿がめっちゃくちゃ輝いて見えたの」

「まじィ？」

あきれた声がでた。

「そういうけど、パパだって昔はカッコよかったんだから」

「それで同じ大学に入ることにしたの？」

「そ、死に物狂いで勉強してね。おばあちゃんは地元の大学行けって猛反対だったけど」

「猪突猛進は、そのころからだったんだね」

「はっは。そうかもね」

ふくめた皮肉はこの人には通じない。

「キャッ！」

突然の急停止。野々歩の腰骨にシートベルトが食いこんだ。

顔をあげると、ライトに照らされた山道を巨大なイノシシが横ぎっていた。ギロリとこちらをにらんだ目が赤く光った。

「うわさをすれば影だね」

「……リアル猪突猛進だね」

その偶然にぼうぜんとした。

「あ！」

巨大イノシシにつづいて森からでてきた三びきの子どものイノシシが、母親を追ってトトトと道をわたっていった。

「はぁー」

親子のイノシシが森へもどるのを見届けてから、母親はハンドルにおでこをあずけて、安堵のため息をついた。

「ひかなくてよかったぁー」

スピードを落とした車の中は、しばらくのあいだ無音だった。

「……野々歩」

よびかける声に、運転席をふりかえると、

「お母さんは猪突猛進かもしれないけど、立ち止まるのもありなんだよ」

唐突にいわれた。

「ひきかえすのもありだし、逃げだすのもあり。自分を守るためなら、なんでもあり」

「ぶっ」

いったあと、自分でふきだすと、

「えらそうにいっちゃったけど、これみんなコロボックルの子どもたちに教えてもらったこと」

と照れくさそうに笑った。それはきょう、いっしょに山を歩いた野々歩にもよくわかった。あの子たちといると、いっぱいいろんなことを考えさせられる。

しばらくだまりこんだあと、口にたまったつばを飲みこんで野々歩はいった。

「……スニーカーどろどろだし、しばらく学校休んで、こっちにいてもいいかな?」

口にだしたとたん、それは切なる願いになった。もう少し、ここにいたい。

「……だめ?」

おそるおそる顔色をうかがうと、母親は、

「どのくらい？」

と聞いてきた。

「……今週いっぱい」

だけど、一週間も学校をずる休みしてだいじょうぶだろうか？　カンペキ、グループからはずされる。野々歩の顔にうかんだ不安を読んだのか、

「いいんじゃなーい。お母さんもうれしいわ」

と、母親は口がさけそうな大きな笑顔を見せた。


「湿疹、なおりかけてるね」

脱衣場で野々歩のわき腹に目をとめた母親が、安心したようにいった。

「うん。口内炎もあんまり痛くない」

「やっぱり疲れてたんだね」

今週ずっとこっちにいられるとわかったとたん、心が軽くなっていた。母親の背中を追って、うきうきと浴室に向かった。

盛大な湯けむりの向こう、水滴のついたガラスごしに石造りの露天ぶろがのぞいていた。

「はぁー。いつ来てもいいわあ、ここのお湯。極楽、極楽」

肩まで湯にしずんだ母親がため息をつく。目の前に巨大なたぬきの夫婦の置物があった。だからぽんぽこ温泉か。

母親と並んで全身を湯にひたすと、野々歩の口からもため息がもれた。熱くもぬるくもなく、ちょうどいい湯加減だ。ほかに入浴客はいない。山の稜線をうかびあがらせて、空には満月がかかっていた。すぐ横を流れる川のせせらぎがBGMだ。

「このあいだ来たとき、そこの岩の上にサルが座っててね、サルと混浴なんてめったにないチャンス！　ってよろこんだら、お母さん見て、チェッって顔して逃げてった。失礼なやつ」

両手にすくった湯でさかんに顔をぬぐいながら、母親はひとりでころころ笑っている。

——なんかお母さん、変わったな。

落ち着きのなさはそのままだけど、どことなく雰囲気がやわらかい。会うまでは、パパと自分のことはどうでもいいのかと腹を立てていたけれど、こうして並んで湯につかっていると、そんなことはどうでもよくなって、湯の中にとけていく。

「ところでお母さん、なんでコロボックルに行ってるわけ」

ずっと聞きたかったことを思いだした。

「……うーん。自分でもよくわからないうちに、なんだか、あの子たちのとりこになっちゃったのよ。いっしょにいると、わくわくしてくるの」

岩にあずけていた頭をもたげて、母親はまるで推しを見つけた女子高生みたいに瞳を輝かせた。

「わかるー」

思わず声をはずませていた。きょう一日いっしょに過ごしただけで、野々歩の胸にもハルくんやエリちゃんがすみついている。

「それとあの子たち見てると、ついつい自分の子育てをふりかえらざるを得なくなって、……正直、落ちこんだ」

突然母親の声色がしめりけを帯びて低くなった。

——え? なに、急に。

「……野々歩、お母さん、いいお母さんじゃなかったね。自分の気持ちばかり優先して、あんたのこと、ちゃんと見ていなかった気がする」

弱々しく消えていく語尾も、いつもの母親のものではなかった。第一、今までこんなことといってもらったことがない。

「……乱暴だった。おばあちゃんにも、野々歩にも……。結局は、わがままなんだね」

風がでたのか、湯けむりが流れ、母親の表情は見えなかった。

「お母さん、わたしのこと、好き?」

突然、湯からわいたみたいに、言葉がとびだしていた。聞きたくてたまらないのに、怖くて聞けずにいた言葉。

「あったりまえじゃない！　なに?　きらわれてると思ってたの」

こくりとうなずいた。

「やめてよ、もう！　泣けてくる」

母親は両手で湯をすくうと、ざばざばと乱暴に顔をぬぐった。肩がこきざみにふるえていた。

「今のままの自分じゃだめだと思って、変わらなきゃと思って、……そうこうしているうちに時間ばかりが経っちゃって……」

「ごめんね」といわれ、「いいよ」とこたえた。

条件反射かもしれない。だけど、今回の長い不在が母親にとって必要な時間だったのなら、それでいいと思った。

「で、どうする？　コロボックル、あしたも行く？」

またまた唐突な話題転換。なんという切りかえのはやさ。とまどったけれど、

「行く！」

即答していた。湯の中でもんだから、ふくらはぎのはりも、ましになっている。またみんなといっしょに山を歩きたい。


ロビーで一服した。ビン入りのコーヒー牛乳を飲み干したとたん、スマホが鳴った。パパからだった。

「いつ帰る？」

と聞かれて、

「日曜日」

とこたえた。

「え？　……ふうん、そうか」

一瞬おどろいたあと、パパの声がなにか聞きたそうに、おまけにさびしそうにひびいたので、

「今、どこにいると思う？」

と、母親にならって、いきなり話題を変えた。

「どこって、おばあちゃんの家じゃないのか」

「ブブー。ぽんぽこ温泉でしたぁ」

「え？　ぽんぽこ温泉行ったのか。なつかしいなあ」

パパの声がとたんに若やいだ。

「お母さんから聞いたよ。なれそめの地なんだって？」

「まあ、まあ、まあ」

照れているパパの顔が見えるようだった。照れるとパパは、「まあ、まあ」とごまかすのだ。

「バンドやってたんだって？」

「若気の至り、若気の至り」

「お母さんとかわるね」

マッサージチェアで口を開けてまどろんでいた母親にスマホをわたすと、

「もしもーし」

と、かつてパパにあこがれた女子高生とも思えない寝ぼけ声でこたえていた。照れかくしかもしれない。

「……うん。なつかしいでしょ。来る？」

パパ、なんてこたえるだろう。耳をそば立てていると、

「わかった。じゃね」

あっさりいって、母親は通話を終えた。

「パパ、なんて？　来るって？」

あせって聞く野々歩に、

「土曜日に来るって。家族がそろうの、ひさしぶりだね。いろいろ相談したいこともあるし、ちょうどよかったわ」

すっかり目が覚めたようすで母親はこたえた。

6 森のようちえん 二日目

よっぽど疲れていたのだろう、夢も見なかった。夜中に激しい雷の音がしていた気がするけれど、それもさだかではない。

ザーッ。

ナァ、ナァ、ナァ。

雨の音と三十郎のうるさく鳴き立てる声で目をさました。

「雨がふってる！」

台所に駆けこんだ。ぽんぽこ温泉の効用か、筋肉痛も残っていなかった。

「ちょっと待って、三ちゃん。すぐあげるから。あら、野々歩も起きたの。おはよう」

おたまでみそ汁の味見をしていた母親がふりかえった。

「雨がふってる」

再度訴えた。

「長靴、となりのおじいちゃんのを借りてるから。二十五でちょっと大きいかもしれないけど、大は小を兼ねるっていうしね」

そうじゃなくて、とあせって早口になった。

「ようちえん、あるの?」

「もちろん」

うるさくえさを催促する三十郎の茶わんにカリカリを入れてやりながら、涼しい顔で母親はこたえた。

「だって雨だよ」

「あのね、ここは弁当忘れてもかさ忘れるなっていうくらい雨が多いところなの。このぐらいの雨でお休みしてたら行くときないわよ。さ、さっさとごはん食べて用意して」

ふりしきる雨音にすべての音が飲みこまれていた。

ザザー、ザザー。

側溝を走る水音がそれに輪をかける。ところどころあふれた水で、道路は川のようになっていた。

——こんな大雨の中、ほんとうに山に入るのかな。

母親の赤いかさを追いながら、野々歩は不安にかられて雨におおわれた山を見あげた。

グラウンドにはすでに何台もの車が止まっていた。ふたりの姿を見つけた保護者がフロントガラスごしに手をふってくれる。みんなこのくらいの雨には慣れっこなんだ。

——やっぱり行くんだ。

雨の勢いに折り畳みがさが負けそうになる。ひるむ気持ちを励ますように、野々歩はぐらつく柄を両手でにぎりしめた。

盛大に泥水をはねあげながら幼稚園バスがグラウンドに入ってきた。

「おはようございまーす」

がんじょうそうなカッパに身を包んだ森っちが、ドアをスライドさせたとたん、待機中の車からバラバラととびだしてきた子どもたちが乗りこんでいく。エリちゃんもいる、ハルくんもいる、輝くんもあやめちゃんもいた。全員カラフルなカッパにすっぽり包まれて、まるで動くてるてるぼうずみたいだ。

全員が乗りこむと、すぐにバスは出発した。

棚田のあいだの道を右に左にハンドルを切りながら、幼稚園バスは進む。運転手は森っち。コロボックルには専任の運転手がいないから保育士が兼任だ。出席者が少ないのか、きょうはバスは一台だけらしい。

窓ガラスをたたく雨はますます勢いを増し、カミナリまで鳴りだした。稲光につづいて大きな雷鳴。野々歩の学校だったら、「きゃっ」って大さわぎになるところなのに、慣れているのかコロボックルの子どもたちは平然としたものだ。

野々歩は人いきれでくもったガラスを指でぬぐった。雨にけむる窓の向こうに、竹やつるにおおわれて今にもくずれそうになっているわらぶき屋根の家が見えた。害獣よけの柵にかこまれた田んぼに、背丈ほどの草が生いしげっている。「きれい」だけではすまない、田舎の現実がそこにはあった。

人が手入れしなければ山は荒れる。母親がいっていたことは山だけじゃなく、人里にもいえるんだ。人が住まなくなった家や田んぼは、旺盛な植物の繁殖力に圧倒されて見る影もなかった。野々歩は自然の猛々しさに、おそれをなした。

空を切りさいて稲光が走ったと思ったら、ズンッと腹にひびくカミナリの音。野々歩はもれそうになる悲鳴をのみこんだ。

スタートから、きのうとはまるでちがっていた。

バスが止まったのは、杉林の入り口、作業用車両の駐車場だ。ここも十いくつあるというコロボックルのフィールドのひとつらしい。

バスからおり立った子どもたちは、等間隔に植えられた杉が整然と並ぶ林に入っていった。

——ここもおばあちゃんの山なんだろうか？

足もとは散り敷かれた杉の葉でふかふかだった。土砂ぶりの雨も、頭上に広がった杉の枝にさえぎられて、さほどでもない。不思議なことに、あれだけうるさかった雨音が消えていた。アスファルトだとはじかれる雨が、吸収されるからだろうか。隣家のおじいさんに借りた長靴は歩くたびぬげそうになった。一番うしろから来る森っちは、スマホでさかんに雨雲の動きを検索していた。

子どもたちは葉っぱを踏みしだきながら、どんどん奥へと入っていく。光のささない林は暗くてなんだか怖かった。そのあいだも、ゴロゴロゴロゴロ……。地鳴りのように不気味な雷鳴はつづいていた。ゆりっぺがハモニカを取りだしたとたん、
ピカッ！

稲光につづいて、

ドドーンッ！

大きな雷鳴がひびいた。

ゆりっぺのハモニカの音もかき消されそうだ。

うす暗い林で朝の会がはじまった。地面がナナメじゃないから、きょうはただの朝の会。

「まいにち元気なコロボックルの子ぉー、きょうはどんな声、聞けるかなー、あやめちゃーん」

名前をよばれると、「はぁーい」とこたえるけれど、どの子もきのうとちがってテンション低めだ。無理もない。こんなお天気だもの。平気そうに見えても、やっぱり怖いのかもしれない。野々歩も怖かった。

——来なきゃよかった。

後悔していた。こんな雷雨の中、山に入るなんてフツウじゃない。

「きょうはスペシャルゲスト、カミナリさんもいっしょでーす」

ゆりっぺののんきな声が林にこだますると、それにこたえるかのようなタイミングで、雷が鳴った。

ズズーンッ！

「あっはっは。返事してるー」

輝くんが笑い、

「カミナリさんも仲間だよね」

ハルくんも笑った。

「カミナリさん、あんまりさわがないでねぇ」

あやめちゃんがお願いすると、

「もうちょっとおとなしくしてくださーい」

エリちゃんもお空に向かってさけんだ。そうか、カミナリもきょうの仲間なのか。

「さあ、行きますか」

森っちが声をかけた。検索の結果、だいじょうぶと判断したらしい。腰をあげるころには、みんなはすっかりいつもの調子を取りもどしていた。輝くんは、さっそくゲットした枝をふりまわしている。とがった杉の葉が野々歩の手の甲をかすって、「いたっ」思わず声をあげたら、

「ごめん」とすぐにあやまってくれた。

杉林をぬけて自動車道をわたり、雑木林へと入っていく。そのころには雨は少し小ぶりに

なっていた。

「あ、川ができてる！」

「ほんとうだ！　前来たときはなかったのに」

泥水をはねあげながら、みんなはいっせいに駆けだした。杉林から流れてきた大量の水が、何本もの川をつくっていた。足もとは、ぬかるんでぐちゃぐちゃ。

ひとりだけ立ち止まって慎重にルートを吟味している子がいた。こっちから行ったほうが安全か、いやあっちかといそがしく目を動かしている。

「圭くんはちょっと前に入ったばかりなんだけど、すっごい慎重派なのよ」

お手本を見せるつもりか、流れをとびこえようとした母親が、ぬかるみにぐちゃりとはまってしまった。

「あー、ナオリンがはまったー」

あやめちゃんの大声。

「あやめちゃん、助けてよ」

甘え声をだす母親を、

「自分でがんばりなさい」

　あっさりあやめちゃんはつき放した。きのう大泣きしたのがうそみたいに、きょうは意気軒昂だ。

「だって、ぬけないんだもん」

　泥の中でもがく母親はペンギンみたいでなんだか笑える。おまけに長靴がぬげて、とうとうソックスのまま、ぬかるみにつっこんで手をついてしまった。

「しょうがないなあ」

　ぼやきながらひきかえしてきたあやめちゃんは、母親の手を取って、ぬかるみからの脱出を手助けすると、近くに落ちていた枝で器用に長靴を泥から奪還した。

「はい。もう気をつけるんだよ」

　泥だらけの長靴を受けとった母親は、

「ありがとう。……失敗しちゃった」

　とぺろりと舌をだした。

「失敗は心の貯金だって、じいちゃんがいってたよ」

あやめちゃんになぐさめられながら、流れで長靴を洗っている母親が、なんだかいじらしく見えた。

かたまったまま一連のできごとを観察していた圭くんが、おもむろに動きだした。母親がはまったところは避け、流れてきた杉の枝でせき止められてダムになったところをわたろうとしている。なるほど、そっちのほうがずっとわたりやすそうだ。野々歩は、圭くんと同じルートをたどって、みんなに追いついた。

川をわたった先は、ちょっとした広場になっていて、まるでワンダーランドだった。

倒木が木の枝にちょうどいい高さでひっかかって、スリル満点の平均台になっている。高低差があって、一番高いところは野々歩の胸の高さくらいまである。

「とう、たぁ、おっとっと」

輝くんが枝でバランスを取りながらわたりはじめると、何人かがつづいた。まるでサーカスの綱わたりだ。すぐに落ちてあきらめる子もいれば、何度も挑戦して少しずつ到達距離を伸ばしていく子もいる。倒木は先へいくほど細くなり、ときどきぐらりとかしぐ。慎重に歩を進めていた輝くんが、

「ゼッタイにのんのんのところまで行く」
と宣言した。どうやら、ぼんやりつっ立って見ている野々歩が目標にされたらしい。わたしは電信柱か！　むくれたとたん、ハルくんが落ちた。あおりをくって輝くんも落ちた。「おまえのせいだ」っておこるかと思いきや、輝くんは「あっちゃー」といっただけで、すぐに順番待ちの列に並びなおした。そして身を乗りだして、「そこ危ないよ」と挑戦中の子にさかんに注意をあたえていた。

圭くんは、そんなみんなのようすをじっと観察していた。

あやめちゃんとエリちゃんは、川をせき止めてダムをつくっていた。せっせ、せっせと枝や石を運ぶ姿がビーバーの親子に見えてくる。

雨はやむことなくふりつづいていた。いつのまにか輝くんも翔くんもカッパをぬぎ捨てて、Tシャツ一枚になっていた。頭のてっぺんから足の先までぬれねずみだ。ハルくんは上着のジッパーを開けっ放しだから、ぬれたシャツがおなかにはりついている。いつもたらしている鼻水も雨が洗い流してくれて、きょうはきれいだ。

お兄ちゃんのぶかぶかのカッパのズボンをはいてきている子がいた。最初はすそを折るのに苦労していたけれど、そのうち、川の中で水が入ると風船みたいにふくらんで楽しいのに気づいたようで、「見て、見て」とわざと水を入れてよろこんでいた。どうやら、ぬれるのをとこ とん楽しむのがコロボックルの雨の日の流儀らしい。

しばらく動きそうにないと判断したのか、森っちは切り株に腰をおろしてナイフでなにかをけずりはじめた。そのあいだも、数分おきにスマホをのぞいていた。

ピカッ、ガラガラガラ、ドッシーン。

特別ゲストのカミナリさんも絶賛参加中だ。でも、少しだけ音が遠のいた気がする。

——これってどういう世界？

あまりに自分が今まで属してきた世界と違いすぎて、思考が追いつかなかった。カミナリさんもきょうの仲間。はっ？ ぬれるのが楽しい。はっ？

コロボックルにいると、野々歩が十四歳の今まで身につけてきた常識というか、フツウと思ってきたことが、いとも簡単にひっくりかえされてしまう。なのに、それが心地いい。これってどういうこと？

場の空気を読んでの会話、行きたくもないのにつるんで行くトイレ、ラインには即レス。あれだけ自分が神経をとがらせてきたことのすべてが、なんだかどうでもいいことのように思えてくる。

「ああ」

身をよじりながら天をあおいだ。開いたままの眼球に雨の粒がしみた。


いつのまにか子どもたちが移動をはじめていた。どうやらここでの遊びを切りあげて、どこかへ行くらしい。森っちもナイフをしまって立ちあがった。野々歩はあわててリュックを背負った。雨にぬれたリュックはぐっしょり重かった。中のおにぎりが心配になった。きょうはレストランではなく、お弁当なのだ。

ふたたび杉やひのきの林をぬけていく。上空で広がった枝がかさの役割をしてくれるのか、あまりぬれずにすむ。よく手入れされた林は整然として美しかった。

「キノコだ」

エリちゃんが立ち止まった。姿のかわいいキノコは子どもたちに大人気。だけど中には毒をもつものもあるからとても危険だ。コロボックルのお約束はふたつだけ。「おとなの見えるところで遊ぶことと、食べていいか聞くこと」って、母親がいっていた。マムシにキノコ、森は危険とも背中あわせなのだ。

「カエルみっけー」

美しいけれど無表情でもある人工の植林。そんな林でも、子どもたちはわくわくするものを見つけるのがじょうずだ。

「あー、土管がうまってる」

水ぬきのために地中にうめられた土管を見つけた子に、ハルくんがいった。

「ちがうよ。うまってるんじゃなくて、もぐってるんだよ」

なるほど。土管にいわせりゃ、そうなる。ハルくんって、土管の気持ちにもなれるんだ。野々歩にはゼッタイにない発想。頭のやわらかさに舌を巻いた。

「あーああー」

いきなり先頭を歩いていたゆりっぺが、木々のあいだをぬって、じぐざぐに疾走しはじめた。

——え、なに？

コロボックルではおとなも自由奔放だ。

「あーああー」

すぐに子どもたちがつづく。雨音にも雷鳴にも負けないターザンたちの雄たけびが林にひびいた。

その一団から遅れる子がではじめた。圭くんと圭くんと同じころに入園したというヒメちゃん。圭くんはときどきフリーズするし、ヒメちゃんは体も小さく体力的にきついのだろう、ついていくのがせいいっぱいって感じ。それでも一生懸命追いつこうと、がんばっている。ところが、自分だけ置いてきぼりになるのがいやなのか、圭くんはヒメちゃんが先へ行こうとすると、とおせんぼしたり、リュックをひっぱったりして、じゃまをする。こまった顔はするものの、おこりもせず、ヒメちゃんはじっとがまんしている。

――ほっといて行けばいいのに。

うしろを歩きながら野々歩はいらついた。「やめなよ」何度もいいそうになったけど、がまんした。口をだすなと、母親からもゆりっぺからも、しつこくいわれていた。

「……みんな、行っちゃった」

だれにいうともなく、ヒメちゃんがつぶやいた。声に不安がにじんでいる。圭くんは、なにもいわない。またかたまるのかと思ったら、いきなりしゃべりはじめた。

「カエルぴょこぴょこ、みぴょこぴょこ。あわせてぴょこぴょこ、むぴょこぴょこ」

早口言葉だ。意外と声は大きいし、滑舌がいい。

「いってみ」

とうながされ、ヒメちゃんは、

「カエルぴょこぴょこ、みぴょ……」

いいかけてすぐにつまり、

「むずーい」

と、そっくりかえった。

「ぼく、いえるよ。カエルぴょこぴょこ、みぴょこぴょこ、あわせてぴょこぴょこ、むぴょこぴょこ」

圭くんは得意満面だ。

「すごーい、じょうずー」

ヒメちゃんにほめられて気をよくしたのか、圭くんは、

「つなぐ?」

と手をさしだした。

「うん!」

ヒメちゃんはうれしそうにその手を取った。

――いらないことしなくてよかった。

手をつないで駆けだしたふたりのあとを追いながら、野々歩はほっと胸をなでおろした。

林をぬけると川だった。

さっきまで遊んでいた増水してできた川と違って、正真正銘の急流だ。茶色くにごった水がゴーゴーと音を立てて流れている。大きな川石のあいだでは、白いしぶきがあがっている。

圭くんの足が止まった。うしろからのぞきこんでいたヒメちゃんが息をのむのがわかった。

「こわーい」

すでに泣き声だ。川向こうの休耕田からは、先にわたり終えた子どもたちのざわめきが水音に混じって聞こえてくる。

わたるしかない。一番うしろを歩いていた母親がさりげなく川下に移動するのがわかった。

もしふたりが流されるようなことがあれば、そこで救出するつもりらしい。

圭くんは、目だけいそがしく動かして、ほかにわたれるところはないかとさがしている。けれど、野々歩の目から見ても、流れがはやいとはいえ、川石が点々とつながっているそこしかわたれそうな場所はない。

一分、二分……。

時間の経過が遅く感じられる。

休耕田から聞こえていた子どもたちの声が遠ざかっていった。どうやらお昼ごはんの場所へと移動をはじめたらしい。

このままだとまずい。母親は移動先を知っているんだろうか？　そうじゃなきゃ、迷子になってしまう。

野々歩の胸にあせりが生じた。

コロボックルの子どもたちは、なにかあってもすぐにおとなに助けを求めようとはしない。なんとかしようと自分で考える。入ってまもない圭くんとヒメちゃんにも、それが伝わっているのか、野々歩と母親にはすがってこなかった。

そのときだった。

「おーい」

川向こうから翔くんの声がした。

「ヒメちゃーん」

あやめちゃんの声もする。心配してむかえに来てくれたのだ。

「あやめちゃーん！」

ヒメちゃんが、きょう一番の大きな声をだした。

向こう岸のススキのあいだから顔をだした翔くんとあやめちゃんに、

「わたれないの？」

とたずねられ、圭くんとヒメちゃんは、こくんとうなずいた。並んで野々歩も、あごがのどにくっつくほどうなずいた。

「どうした？」

遅れて輝くんもやってきた。年長三人組の登場に、ヒメちゃんが勢いづいた。

川の中ほどまでおりて、手を差し伸べてくれるあやめちゃんに向かって、とっとっと、と突然岩をわたりはじめたのだ。さっきまでのヒメちゃんからは考えられない動きだった。

「ヒメちゃん、すごい！　火事場のバカ力って、このことだね」

下流で母親がポカンと口を開けていた。

圭くんはと見ると、やっぱりかたまったままだ。

「手、だして」

ひざまで川につかった翔くんが伸ばしてくれる手にすがろうと、一歩を踏みだしたものの、とちゅうの岩の上でまた立往生してしまった。時間が止まったように思えた。

すると向こう岸の輝くんが、川に向かって石を投げはじめた。しかも、つぎからつぎへと。

——危ないじゃん！

ひやひやしながら見ていると、輝くんの目論見がわかってきた。どうやら石で足場をつくろうとしているらしい。

「冷たいよー」

圭くんの悲鳴が水音に重なる。はやくしないと大変だ。

すると、輝くんがいきなりざぶんと岩と岩のあいだに座りこんだ。

「人間ダムだ。おれのひざをわたって行け！」

輝くんをのみこむように肩の上まで水しぶきがあがる。

捨て身の輝くんの行動に、圭くんのフリーズがとけた。伸ばしてくれた翔くんの腕にすがり、輝くんのひざを足場にして、ようやく向こう岸へとわたりきることができた。

「やった！　行こう」

駆けだした翔くんたちを追うかと思いきや、圭くんは足を止めて野々歩のほうをふりかえった。そのあと、

「わたれる？」

と聞いたのだ。はればれとした表情に自信がうかがえる。ひょっとして心配してくれてるの？

そう気づくとうれしくなって、

「平気、平気。わたれるよー」

ムダにはりきった。

ところが足を乗せたとたん、川石がごろりと転がって、どぼん！　ふくらはぎまでつかってしまった。長靴に水が浸入して、冷たさが頭のてっぺんまで駆けあがってきた。

「ひゃあ」

あとは、やぶれかぶれだった。水を蹴散らして一気にわたりきった。以前の自分だったら考えられない行動だ。だけど、これがなんとも爽快だった。

顔を赤くしてわたりきった野々歩を、圭くんがむかえてくれた。

「冷たい？」

瞳をきらきらさせて聞くのに、

「冷たーい」

テンション高めでこたえた。すると圭くんは、だまって手をさしだした。すっかりふやけた圭くんの小さな手はしわしわしわだった。

「しわしわだね」

照れながらいうと、

「しわしわ、しわしわ」

と、つないだ手をふって光る笑顔を向けてくる。こごえた指に、圭くんの体温がゆっくりしみてきた。胸がきゅんとなった。これはなんだ？　まさか恋？　ないない、それはない。

気持ちを言葉に変換するのはむずかしい。だけど、とても大切な気持ちだということはわかった。

こぽ、こぽ、こぽ。

並んで歩くと、水の入った野々歩の長靴がリズミカルな音を立てた。

「長靴が歌ってるねー」

うれしそうに圭くんが見あげてくる。身長差三十センチに、細い首が折れそうになっている。

肩をかしてもらって長靴の水を捨てていると、

ドーンッ。

遠くの山から雷鳴が聞こえた。光ってからあいだがあいているので、特別ゲストもそろそろ帰りはじめたようだ。

7 火の会

見覚えのある道にでた。

「あ、ここって、きのうの道？」

「そ、コロボックルハウスの道。あー、さむ、さむ。はやく雨宿りしたい」

圭くんと野々歩をとっとと追いこして、母親は「お先にぃ」と雨脚の弱まった林道を駆けていった。

広場でたき火がはじまっていた。

太さも形もふぞろいの丸太の柱にトタンをのっけただけの掘っ立て小屋の中で、森っちが火起こしに苦戦していた。もうもうとけむりが立ちこめている。地面も木もぬれているから、なかなか火がつかないようだ。はやく子どもたちをあたためたいという、森っちのあせりが伝わってくる。

「だれかログハウスの床下からかわいた杉の葉っぱ取ってきてー」

「ラジャー」

翔くんが走りだした。いつのまにか着がえている。見ると、何人もの子がログハウスの床下でぬれた衣服を着がえていた。ヒメちゃんも、あやめちゃんに手伝ってもらって着がえ終えている。圭くんも遅ればせながら、着がえはじめていた。

――みんなちゃんと着がえ持ってきてるんだ。わたしもはやくかわかさなきゃ、風邪ひいちゃう。

野々歩も急いでログハウスの床下に杉の葉を拾いに走った。

「それは、しめってるからだめ」

いきなり翔くんからダメだしされた。

「こういうかわいたのじゃないと、よけいくすぶる」

なるほど。翔くんに教わりながらかわいた杉の葉を集められるだけ集めて、掘っ立て小屋へと運んだ。

三角錐に組んだたきぎの下に杉の葉をつっこみ風を送る。せっかく着がえたのに、よごれるのもかまわず、翔くんは地面に腹ばいになって、フーフー息をふきこんでいる。人間ふいごだ。人間ダムに人間ふいご。ここの子たちってほんとうに体をつかうのがじょうず。それが功を奏して、パチパチはじけるような音を立てながらたきぎに火がついた。

フーフーフー。

輝くんもハルくんもあやめちゃんも、たき火のまわりに腹ばいになって息をふきかけはじめた。みんな火が大好きなのだ。とくに雨にぬれて体が冷えている今はなおさら。

「いっせえのーせっ」

音頭取りは、あやめちゃん。

「フーッ」

四人がいっせいに息をふきかけると、遠慮ぎみだった炎が勢いよく燃えあがった。

パチパチパチ。

拍手がわいてみんなの顔が赤く輝いた。

ずっとそのようすをうしろのほうから見ていた圭くんが、一歩たき火の前に進んだ。ホッとして野々歩も長靴をぬいだ。靴下はびしょぬれで足の感覚はすっかりなくなっている。みんなのあいだから、たき火の近くに足をつきだすと、盛大に湯気があがった。

——あったかーい。

火のありがたさが身にしみた。

たき火をかこんで、おにぎりにかぶりついた。空っぽの胃に米のうまみがしみる。ただの塩にぎりがこんなにおいしいなんて知らなかった。母親がしっかりとラップでくるんでくれていたから、ぬれていなくて助かった。

トタン屋根をたたく雨音はＢＧＭだ。雨のにおいが濃い。

一番に食べ終えた輝くんが、トタン屋根を伝って落ちてくる雨水を利用して弁当箱を洗っていた。お父さんお手製の弁当箱、きっと大切にしているんだろう。

――満足、満足。

口いっぱいにおにぎりをほおばりながら満ち足りていた。今の自分だったら、「目が笑ってない」なんて綾香にゼッタイいわせない自信があった。

――あー、また来週から学校かあ。

思いだしたとたん、雨雲のような不安が胸に押しよせる。またあそこに帰るのか。やっていけるのか、緊張感に満ちたあの場所で。

そのとき、近くでこぜりあいがはじまった。

「放してやれよ。かわいそうだろ」

怒りをおさえた声がする。翔くんだ。

見ると、圭くんが手の中になにか、にぎりこんでいる。ピンと伸びた脚がはみだしていた。

カエル？

「つぶれるだろ！」

あせった翔くんの声が裏がえった。だけど圭くんは、かたくにぎった手を開かない。いや、開けないのか？

「放せ！」

半泣きになった翔くんが、とうとう実力行使にでた。窒息しかけのカエルを救出するために、懸命に圭くんの指を一本一本開かせようとしている。フリーズしたままつっ立っている圭くんの顔が赤くなる。

たき火をかこんだ全員がかたずをのんでなりゆきを見守った。火のはぜる音がする。

そのときだった。

つつつと圭くんのそばによっていったヒメちゃんが、いきなり早口言葉をとなえはじめた。

「カエルぴょこぴょこ、みぴょこぴょこ。あわせてぴょこぴょこ、むぴょこぴょこ」

その瞬間、まるで魔法のように圭くんのフリーズがとけた。

「ヒメちゃん、いえたね」

やわらかな表情がもどり、体の強ばりがとけた。

急いで圭くんの手からカエルを救出した翔くんは、気絶しているカエルをてのひらにのせて、
人差し指の先で心臓マッサージをほどこしはじめた。

「生きかえった！」

「ふぅー」

たくさんの目が見守る中、カエルは水たまりにとびこんで元気に泳いでいった。

だれかのため息が全員の気持ちを代弁していた。

圭くんとヒメちゃんはというと、

「カエルぴょこぴょこ、みぴょこぴょこ。あわせてぴょこぴょこ、むぴょこぴょこ」

声をあわせて早口言葉の練習に余念がない。

なにをきっかけに圭くんがフリーズしてしまうのかわからない。だけど、三歳の圭くんには
圭くんなりの歴史があって、そうしなければ自分を守れないなにかがあったのかもしれない。

圭くんとヒメちゃんの鈴を転がすような声を聞いていると、突然野々歩の胸に気づきが走った。

——解き放つのは自分。

そのとき手助けしてくれる人は、かならずいる。さっきのヒメちゃんみたいに。

——わたしもやれるかも。

熾火がはぜて、線香花火みたいな光を放った。

野々歩にはそれが希望の光に見えた。


「そろそろ終わりの会をはじめますか」

熾火の向こうで、森っちがおもむろにハモニカを取りだした。

「きょうは火の会だね」

火起こしに奮闘した翔くんはほこらしげだ。

掘っ立て小屋に『アンパンマンのマーチ』が流れだすと、子どもたちの元気な歌声が重なる。

雨にぬれた掘っ立て小屋が、いつのまにかあたたかい火の燃えるすてきな場所に変身していた。

ふと見ると、なにごともなかったような顔で圭くんも大きな口を開けて歌っていた。

「聞いてください。きょう楽しかったことは、カエルが生きかえったことです」

翔くんが手にしているマイクに目が釘づけになった。色といい形といい、なにかいやな予感。

「あれ、なんですか」

そっととなりのゆりっぺに聞くと、

「シカの大腿骨」

あっけらかんとしたこたえがかえってきた。よく見ると、ほんとうに動物の脚の骨の形をしている。

「ときどき遭遇するのよねえ、野生動物の死骸に」

「……みんなは怖がらないんですか」

「怖がるどころか、興味津々で観察したり、さわったりしてる」

「……」

「このあいだなんか、シカの頭蓋骨の歯の数を数えてた」

――ハァー。この子たち、やっぱハンパない。

野々歩はマイクがまわってこないことをひたすら祈った。

圭くんはなにを話すだろうと期待したが、「つぎ、話したい人ぉ」のよびかけに手をあげる

ことはなかった。しゃべりたい子はしゃべり、しゃべりたくない子はしゃべらない。ここでは
それがフツウ。
　火の会が終わると、翔くんと輝くんがバケツにたまった雨水をたき火にぶちまけた。ジュッ
という音とともに盛大なけむりと灰をまきあげて火は消えた。あたりにこげくさいにおいが充
満する。せきこみながら翔くんは、名残惜しそうにうずみ火に砂をかけていた。

8 おばあちゃん

木曜日。こっちは町より秋の訪れがはやいのか、朝晩は冷える。

「うーん」

ここちよくあたたまったふとんの中で、野々歩は思いきり体を伸ばした。そのとたんふくらはぎがつって悲鳴をあげた。

「いったぁー」

おどろいた三十郎がふとんからとびおりた。ここ二、三日、三十郎は朝方になると野々歩のふとんに乗っかってくる。あたたかいけど重い。

「いったぁ、いた、いた」

柱に足を押しつけて必死に伸ばしていると、

「野々歩ぉ、きょうはいそがしいんだから、いいかげんに起きなさい」

朝はやくからバタバタ廊下を走りまわっていた母親から声をかけられた。

「たいへん！　集合時間におくれる」

とび起きると、

「きょうはコロボックル休んで、せっかくだから野々歩のいるあいだに土蔵の片づけしようと思うの。お母さんひとりだと、なかなか思いきれなかったのよ」

と母親はいった。

はあー、そういうこと？　野々歩はしぶしぶ、ふとんを押し入れにしまう。それならもう一度寝なおしたかったけれど、土蔵に入るのは好奇心を刺激された。

台所では流しにあがった三十郎が、流しっぱなしの蛇口から直接、水道の水を飲んでいた。

「もったいない」

栓を閉めたら、「ナァーン」と抗議の声をあげられた。

「水入れの水飲めばいいじゃん」

「ナァーン」

ネコ相手にけんかしてたら、母親に、

「三ちゃんは新鮮な水しか飲まないんだから、だしっぱなしにしてやってよ」

とおこられた。

「うそ！　家では水道代高いのよって、もんくばっかりいってたくせに」

「あんたと三ちゃんは違うわよ。あんたは自分で開けたり閉めたりできるけど、三ちゃんはできないもん」

どういう理屈だ！

朝ごはんがすむと、タオルを一枚わたされた。

「なにこれ？」

「防塵マスクのかわり」

意味するところは、土蔵に突入してからわかった。

白壁の戸につけられた真っ黒い錠前はさびついていて、開けるのに手間取った。重くてきしむ戸を開け放ったとたん、何十年間たまっていたのかわからないほこりに直撃された。

「ゴホッ、ゴホッ、ゴホッ」

激しくむせた。あわててタオルで鼻と口をおおう。母親はと見ると、まるで覆面みたいにタオルで顔をおおっている。「強盗かっ」といいたかったけれど、両手がつかえる分、合理的といえば合理的。しかたなく見習った。同級生にはゼッタイに見せられないかっこうだ。

覆面姿の母親と野々歩は、おっかなびっくりで、うず高くほこりのつもった土蔵に足を踏みいれた。なにがとびだしてくるかわからない。光のあふれる表と一変して、ほとんど陽のささない内部はじめじめと暗くて薄気味悪かった。用途のわからない道具や巨大なのこぎりのシルエットが、ぼんやりうかびあがって見える。

土塗りの壁に明かりとりの小窓からさしこむ陽がゆれていた。

「あそこに映る影、魔女のワシ鼻みたいだね……」

つぶやきながら野々歩はぶるりと身ぶるいした。

そのとたん、足もとをなにかが走りぬけた。

「ぎゃっ」

思わず母親と抱きあって悲鳴をあげた。

「なに、今の？　ネコ？」

「ネコじゃないわよ、しっぽが長かったから、きっとイタチよ。あー、びっくりした。それにしても三ちゃんものんきねえ。こんな近くにイタチが住みついてるのに知らん顔してる」

「怖かったりして」

「かもね」

三ちゃんをだしに笑ったら、少しだけ怖さがやわらいだ。

何代も前からのご先祖さまのモノがつまっている奥は置いといて、とりあえず入り口に近いガラクタから手をつけることにした。

「もうこんな重いふとん、つかわないよねえ」

ふとん袋につめこまれた古いふとんは一番に廃棄対象になった。大量の書類のあいだからでてきたランドセルに母親が声をあげた。

「やだ、お母さん、こんなもの取ってたんだ」

おばあちゃんとよんでいたのが、いつのまにかお母さんに変わっている。

「何十年前のよ？　おばあちゃん、捨てられなかったんだね」

赤い革の表面は、すっかりはげて、ささくれだっていた。ふたを開けると、ほこりくさいにおいといっしょに、中からは小学校から高校までの母親の成績表がきちんとひもで綴じられてでてきた。きちょうめんだったという祖母の人柄がしのばれた。

「見せて、見せて。……へえ、やだ、お母さん、意外と成績優秀」

「意外は余分」

あっさりいなすと、母親は手を伸ばして成績表を取りあげにかかる。その手を逃れながら読み進んだ。

「でも、どの通知表にも『落ちつきがない』って書いてある」

「しょうがないでしょ、そのとおりなんだから」

ようやく野々歩の手から成績表の束をうばいかえすと、母親は、

「こんなものまで大切に取ってたなんて、知らなかった」

と、軍手をはめた手で、表紙のほこりをぬぐいとった。

午前中だけで、ゴミ袋の山が庭のあちこちにできた。全身汗とほこりまみれになった。タオルでおおっているせいで、よけいに暑苦しい。床のそこら中にイタチのものかネズミのものかわからないフンが転がっていた。

「どうするの？　このゴミの山」

「パパがきたらゴミ集積センターまで運んでもらおう。土曜日はたぶん受けつけてくれるから」

お昼にしようと蔵をでたとき、

「尚ちゃん、いるう？」

と木戸を開けて入ってきた人物がいた。

「おばちゃん、きのうは長靴ありがと。雨でぬかるんでたから助かったわ」

母親は野々歩をふりかえっていった。あ、この人がおとなりのおばちゃんか。野々歩はぺこりとおじぎをした。借りた長靴は洗って干してあるけど、まだかわいていない。

「ごめんね、じいさんのきたない長靴で。いやあ、お母さんに似て、べっぴんさんやねえ」

逆にあやまられ、おまけにほめられた。

「いえ、助かりました。ありがとうございました」

あわててお礼をいった。

「なに、蔵の片づけしてたんか」

「そう、年をこしたら一周忌だからね。だけどお母さん、つまんないものいっぱいためこんでて、片づけても、片づけてもキリがない」

ため息まじりに、くちびるをとがらせる母親に、

「年よりは、よう捨てんのよ。ごめんなあ」

と、おばちゃんはまるで自分の不始末をとがめられたみたいに肩をすぼめた。そんなしぐさから、おばあちゃんとの距離の近さが感じられて、野々歩はほっとした。おばあちゃん、こんな

いい友だちが近くにいたんだ。きっとひとりでも、さびしくなかったよね。素直にそう思った反面、うらやましくもあった。

「あれ、なつかしい、この金だらい」

　ふとん袋の上に投げあげられていた直径五十センチほどのアルミの金だらいに、おばちゃんは目を留めた。

「千代ちゃんはわらび採り名人でな、採ってきたわらびをこの金だらいにつけて、あくぬきしたもんよ」

「そういえば春になったら、食卓にわらびがしょっちゅうのってた。あのおひたしはおいしかったなあ」

「そやろ。あんたが家をでてからも、『尚美の好物やから、帰ってきたとき食べさせるんや』ゆうて、毎年、一生懸命取っととったわ」

「……へえ、お母さん、そんなことゆうてたん？」

　初耳らしく母親は少しおどろいていた。

「そりゃそうよ。あんたの帰るのを楽しみにしとったもん。それに店で買うのと違うて、千代ちゃんのは太うてやわらかいやろ。あの人の秘密の場所があるんやわ」

声をひそめるおばちゃんに野々歩は思わず口をはさんだ。

「秘密の場所？」

「そや。千代ちゃんのいうには、ほかの人は、わらびといえば日当たりのいい畑のへりや丘ばかりねらうが、そやのうて、杉を伐採したあとの若い林にでるわらびが最高や、ゆうとった。半日陰で、おまけに雪どけ水でぬかるんどるような場所にでるわらびが、一番うまいて」

「……そうなんだ」

神妙に母親も耳をかたむけている。

「そうゆうとこで育つわらびは、ササやら低い木やらと競争しながら伸びあがらんといけんじゃろ？　じゃけん、幼うてもびっくりするくらい長うてりっぱなんじゃと」

「……ふうん。来年の春は、わたしもわらび採りに挑戦してみようかな。お母さんの秘密の場所をさがしてみるわ」

母親は金だらいをそっとゴミの山から回収して、沓脱石の上に置いた。

「それにしても、はやいもんやなあ」

「……わたしもそろそろ向こうに帰らないといけないし、この家と山をどうしたもんかと思って……」

「……うーん、そうよなあ。どこの家もそれが悩みの種や」

「あ、おばちゃん、お昼に冷麺つくるけど食べてく?」

「ほうか。じいさん、きょうは神社の寄りあいでおらんし、そりゃありがたいな」

おばちゃんが帰ったあと、気勢をそがれたのか母親は食卓のイスに座りこんで動かなくなった。

「あんな話聞いたら、なにも捨てられなくなっちゃう。金だらいひとつであれだもん。あー、やれやれ」

がしがしと髪の毛をかきむしって、「ねえ、三ちゃーん」と、となりのイスで寝ている三ちゃんに抱きついた。そのようすに、さっきからひっかかっていたことが口をついてでた。

「お母さん、帰るとかいってたけど、三ちゃん、どうするつもりよ」

つい詰問口調になった。三ちゃんは生き物だ。捨てるわけにも放置するわけにもいかない。

わたしやパパとは違う。

「……うーん、それなのよねえ」

「うちのマンション、ペット禁止だよ」

「わかってるわよ、そんなこと」

母親は目に見えてふきげんになった。こんなところは以前のままだ。自分でトラブルを起こしておいて、手に負えなくなったらふきげんになる。

どうやら午後からの片づけは棚あげになったらしい。

むしゃくしゃした気持ちをもてあました野々歩は、散歩でもしようと木戸を開けて通りへでた。

9 三ちゃんの運命

もやもやがおさまらない。母親への不信感が再燃して心がざらつく。知らず知らず速足になった。

――どうして、あの人はこうなんだ。どうするつもりよ、三ちゃん。

参勤交代の行列が歩いたという街道をそれて、田んぼぞいの道に入りこんだ。きのうの雨が秋を連れてきていた。ヒガンバナが群生している場所にでた。アキアカネもとんでいた。ツクツクボウシの声に虫の音が混ざる。田んぼのあぜでシラサギが一羽、じっと動かず獲物をねらっていた。

町はまだコロナの緊張感がぬけきらないけれど、ここではあっけらかんと季節がめぐっていた。足もとをカエルが横ぎった。圭くんとヒメちゃんの、「カエルぴょこぴょこ、みぴょこぴょこ」を思いだして、への字に結ばれていた野々歩の口もとがゆるんだ。そのときだった。

「ワンッ」

大型犬の野太い鳴き声があたりの空気をふるわせてひびいた。顔をあげると、山際の道でソックスが盛大にしっぽをふっている。おととい、ほんの少し会っただけなのに、なんて人なつこいやつ。そばに陽子さんらしき人がしゃがんでいた。白いエプロンにふんわり広がるスカート。

わきには、竹かごが置いてある。

「こんにちは」

声をかけながら近よると、

「あら、尚美さんのところの野々歩ちゃんね。お散歩？」

笑顔でむかえてくれた。片方のほっぺたに感じのいいえくぼがうかんだ。

「なにしてるんですか」

そばに行くと、ソックスがぶつかるように体をよせてきた。

「よしよし」

頭をなでてやると、「くぅーん」と甘え声をだしながら、ぐいぐい圧をかけてくるので転びそうになった。

「山栗拾ってるの。ふつうの栗よりずっと甘くておいしいのよ。食べたことある？」

「おととい森っちが食べさせてくれました」

「たくさん拾って、栗おこわ、つくろうと思って」

「手伝います」

ソックスとしゃがみこんだ。どうせヒマだ。家に帰ってふきげんな母親と顔をつきあわせているより、ここで陽子さんといっしょに栗を拾うほうがよっぽど楽しそうだ。

「うれしい。助かるわ。もう少ししたらキノコもでるし、秋はいそがしくて」

ぼやくわりに陽子さんは楽しそうに笑っている。ただの茶色い地面に見えたのに、よく見ると、足もとには栗のいががいっぱい転がっていた。

「いがの上から靴で踏むといいよ」

陽子さんに教えられてスニーカーの先で踏むと、中から栗がとびだしてくる。

「うわあ、ぴかぴか！」

「いがからでて落ちてるのは、虫に食われてたり、くさってたりするから、拾わないでね」

夢中になった。栗拾いがこんなに楽しいなんて知らなかった。栗拾いに参加できなくて退屈したソックスは、伸ばした両前足にあごをうずめて寝てしまった。その頭を栗のイガが直撃した。

「あっはっは。痛そう」

陽子さんと声をあわせて笑った。もんくなしに楽しかった。

「陽子さん、ソックス拾ったせいで、こっちにこしてきたって、ほんとうですか」

人見知りのはずの野々歩が自分から質問していた。

「え、だれに聞いたの」

「ゆりっぺ。それってすごくないですか」

「そんなんじゃないのよ。わたしずるいから、ソックスを口実にしただけ」

「え？」

「仕事ずっとやめたかったのよ、ほんとうは。だけど、きっかけがなかった」

「……はあ」

「ソックスのために田舎暮らしをはじめたっていうと美談めくけど、逆よ。救われたのは、わたし。ホテルでの仕事に煮つまってて、翌日のメニュー考えてると、夜眠れなくてね。……つらかった。だけどソックス見てると、眠くなったらどこででも寝ちゃうし、おなかがすいたら催促する。生きるのに迷いがないんだよね。あれこれ考えすぎちゃうわたしは、ああ、それでいいんだって肩の力がぬけた。今じゃ毎晩、バタンキューよ」

そうだったのか。えらいね、ソックス。野々歩はよだれをたらして眠っているソックスの頭をそっとなでた。

三十分もすると、かごはいっぱいになった。わかれぎわ、両手に持ちきれないほどの栗をもらって、名残惜しそうにしっぽをふるソックスに、「バイバーイ」と声をかけてわかれた。

その日の夕方。

気を取りなおした母親とふたりで蔵の片づけを再開していたら、木戸の向こうに陽子さんが立った。

「あら、いそがしそうね。ちょうどよかったかな。でき立ての栗おこわ持ってきた」

「わ、めっちゃありがたい。もう疲れちゃって、夕ごはんどうしようかなって思ってたとこ」

軍手をはめた手を打ちあわせて母親はよろこんだ。

「野々歩ちゃんが栗拾い手伝ってくれて、すっごくはかどったのよ。そのお礼」

「そうなんだ。いないと思ったら、陽子さんとそんなことしてたんだ」

「こんにちは。さっきはありがとうございました」

「こっちこそ」

陽子さんと共犯者めいたまなざしを交わした。楽しかったね。目と目で会話した。

「野々歩、その旅行カバン、ゴミの山につんどいて。もうきょうはやめよう。きりがない」

母親は野々歩のかかえているほこりだらけの色あせたカバンの処理を指図すると、さっさと頭からすすよけのタオルをはずした。

「陽子さん、あがってお茶でも飲んでってよ。相談したいことがあるの」

陽子さんからもらった重箱のふたを取ると、ほわっとした湯気といっしょに、もち米と栗とあずきの甘い香りが立ちのぼった。

「うわあ、おいしそう。これ、新米？」

「そ、翔くんちのお米」

そうか翔くんちはハチミツだけじゃなくて、お米もつくってるんだ。ここでは物を介して人と人とがゆるくつながっている。「紅茶いれて」と母親に頼まれて、野々歩がいれた紅茶に添えているのは翔くんちのハチミツだし、クッキーはあやめちゃんちのだ。朝食べたトーストのパンもそう。あやめちゃんちのパンは森で集めた天然酵母をつかっているから、もちもちですごくおいしい。

「野々歩、知ってる？　陽子さん、ウェブデザイナーもしてるんだよ」

「え、レストランだけじゃなくて？」

「ソックスとふたり、食べていくのに必死でね。二足のわらじ、はいてるの」

「コロボックルのポスターも陽子さんのデザインだよ」

そうだったんだ。野々歩は商店街でのポスターとの出会いを思いだし、不思議な縁を感じた。

「ところで陽子さん、相談というのがね」

なにやら深刻そうな話がはじまったので、野々歩は三ちゃんを抱いて縁側にでた。

あらためて見わたすと、庭は蔵から運びだされたガラクタですごいことになっていた。あっちにもこっちにもゴミの山ができている。でもそれは野々歩たちから見ると、ただのガラクタだけれど、おばあちゃんにとっては、どれもこれも人生をいろどった大切なものたちなんだろう。金だらいのわらびを前にドヤ顔のおばあちゃんが目にうかぶ。ページリーもようのレトロな旅行かばんをかかえた若き日のおばあちゃんが、駅への道を駆けていく。そう考えると、なんだかゴミの山が、とても厳かなものに見えてきた。

いつもと違う庭の風景に好奇心を刺激されたのか、腕の中で三ちゃんがもがいた。おろしてやると、用心深い足取りであちこち探検しはじめた。興奮しているのか、瞳孔が真っ黒に光っている。

――三ちゃんを置いてなんかいけない。お母さん、いったいどうするつもりなんだろう。

縁側にしゃがんで庭で遊ぶ三ちゃんを目で追っていると、心配ばかりが募ってくる。どうやら沓脱石の上の金だらいに興味を持ったらしく、さかんに前足でさわったり、においをかいだりしていたが、お日さまにあたためられた金だらいが居心地よさそうに思えたのか、前足をかけて中に入りかけた。そのとたん、盛大な金属音を立てて、たらいがひっくりかえった。

ガラガラガッシャーン！

とびのいた三ちゃんは「シャーッ」と背中の毛を逆立てて、たらいを威嚇した。しっぽの毛がまるで毛ばたきみたいにふくらんでいる。

「バーカ。自分がひっくりかえしておいて」

おなかをかかえて笑ってしまった。笑いながら涙がにじんだ。三ちゃんがいとおしい。いとおしくてたまらない。ずっとマンション暮らしで動物を飼ったことがなかったから、こんな気持ちははじめてだ。ソックスといっしょに生きるって決めて、そのおかげで自分のほんとうの気持ちに気づけた陽子さんに拍手を送りたい。……お母さんだって同じはずなのに。

「野々歩ちゃん、失礼するわね。きょうはありがとう」

陽子さんが帰ったあと、ありあわせの野菜のてんぷらと陽子さんの栗おこわと玉子のおつゆで夕飯がはじまった。

「おいしーい。この栗、甘いねえ。野々歩が拾ったと思うと、なお甘い」

昼間のふきげんのうめあわせのつもりか、母親はひとりでよくしゃべった。三ちゃんの運命が気になってしかたない野々歩のはしは進まない。そんな野々歩をよそに、庭の探検でおなかがすいたのか、三ちゃんはカッカッと茶わんにかみつく勢いでえさをがっついている。

「お母さん、パパやわたしと三ちゃんの違いってわかる?」

はしを置いた野々歩は、正面から母親を見すえた。

「なに、急に」

おこわでふくらんだ口を、母親はとがらせた。

「パパやわたしは放っててもなんとかやれるけど、三ちゃんはそうじゃないってこと」

「三ちゃんだって、いざとなったら、ねずみくらい捕るわよ」

言葉につまった。だめだ、ここでひいちゃ。

「そうじゃなくって！」

声を大きくした。そのとたん、

「わかってるわよ！」

ガチャンと音立てて母親は茶わんを置いた。

「あんたにいわれなくても、ちゃんと考えてる！」

野々歩をにらみつける目がゆれていた。

そのあと、

「三ちゃん、ここにおいで」

やさしい声で、食後の毛づくろいに余念のない三ちゃんをよんだ。ひざをたたくと、「ナン」とこたえて、すぐに三ちゃんは母親のひざにとびのった。まさにあうんの呼吸。ひとりと一ぴきの信頼関係の強さを見せつけられた気がした。

「ねえ、さびしい者同士、なぐさめあってきたんだもんねえ」

母親が背中を丸めてひざの三ちゃんにほおずりをすると、ゴロゴロとのどを鳴らして三ちゃんは目を細めた。

——え、さびしいって？

母親の口からさびしいなんて言葉を聞くとは思わなかった。今回だって自分の勝手で残ってたくせに。

「田舎の夜は暗くて長いのよ。だけど三ちゃんがいてくれたから、たえられた」

……それはわかる。だけど、

「それって、おばあちゃんもいっしょじゃないの」

攻撃するつもりもなく口がすべった。すると母親はみるみるしょんぼりして、

「……そうだね。野々歩のいうとおりよね。お母さん恥ずかしいけど、自分のことで一生懸命で、おばあちゃんの孤独まで考えが及ばなかった」

と、さびしそうにつぶやいた。

「書類を整理していたら、林業の業務関係の日誌がでてきてね。余白にときどきの出来事や思いが書きこんであるんだけど、おばあちゃん、山を守るためにものすごく苦労してたんだなあって、しみじみわかった。どんどんかたむいていく家業をあの細腕一本でささえてたわけだから」

母親の手が三ちゃんの背中をなでつづけている。ゴロゴロはいつのまにか寝息に変わっていた。

「高齢化と林業の衰退でさびしくなる一方の町の行く末も心配してたみたい。そんなときにコロボックルとの出会いがあって、若い人たちの活躍ぶりにずいぶん元気づけられたらしいの。何度も何度も、若い人たちが森の可能性を見つけてくれてよかった、森を守っててよかったって、でてくるのよ」

「だから、『存分におやんなさい』っていったんだね」

「そう。それ読んで、なんだか救われた気がした。ああ、おばあちゃんは自分の人生の意義を見つけたんだな、山を守っててよかったって思えたんだなって。……うれしかった」

「それって、コロボックルのおかげだね」

「そうなのよ！　だから興味を持ってお母さんも通いはじめたんだけど、あの子たちから教えられることばっかりで……。なにか恩がえししたいって思うんだけど、なにすればいいのかわからなくて、こまってるわけ」

「……うーん」

お母さんの悩みはよくわかった。だけど、野々歩には手に負えないことばかりだ。

ふたりがだまると、家中が静寂に包まれた。三ちゃんの寝息だけが大きくひびいた。

しかし、野々歩たちのまったく知らないところで、事態は動きはじめていた。


翌日。

コロボックルの代表だという人が、片づけに汗を流す母親のもとを訪ねてきた。

「陽子さんから聞いたんだけど……」

渡辺やよいさんというその人は、見るからにエネルギッシュで、なんだか、まとっている空気感がコロボックルそのものって感じ。ゆりっぺから聞いた話によると、コロボックルの発案者にして立役者。なんでもスウェーデンの森の幼稚園の写真集を見て、こんな幼稚園が日本にもほしい！　ってものすごく強く思ったんだそうだ。この人ぬきにコロボックルは語れない。

「あー、大そうじの最中だったんだ。おじゃま？」

といいながら入ってくると、母親が蔵の奥からひっぱりだした旧式の扇風機に目を留めて、

「これ、レトロでステキ！　え、捨てるの？　もったいない。コロボックルでつかわせてもらっ

ていいかな」

と、ちゃっかりおねだりしている。

「どうぞどうぞ。そうしてもらえるとうれしいわ。捨てるにしのびなかったの。ところで、どうしたの、やよいさん、きょうは」

「うん。きのう陽子さんから話を聞いてね、これはビッグチャンスだと思って」

「なに？　話が見えない。ちょっと待って。ここすぐ切りあげるから。野々歩ぉ、きょうはここまでにしよう」

「わかった――」

「野々歩ちゃんだったよね。おとといはあの雨の中、いっしょに行ってくれたんだって？　ゆりっぺが感謝してたよ。ありがとうね」

初対面とも思えないフレンドリーな笑顔を向けられ、とろけそうになった。人とのあいだに垣根をつくらないこだわりのなさと、ものおじしない態度は、コロボックルの子どもたちを思い起こさせた。

「大奥さまにお線香あげさせてもらっていい？」

返事を待つよりはやく座敷にあがりこんだやよいさんは、おばあちゃんの仏前で長いあいだ手をあわせていた。

「大奥さま、大きい人だったよねえ。コロボックルがまだぜんぜん軌道にのっていないときにね、『森をつかわせてください』って、お願いに来たのよ。そしたら大奥さまが、『森も子どもも社会の宝です。存分におやんなさい』って、めっちゃハッパかけてくださったのよ。勢いで走りだしたはいいけれど、ほんとうにやれるのかってものすごく不安だったときだけに、あの言葉はしみたなあ。『よし、わたしたちは間違ってない。がんばろう』って仲間と手を取りあって泣いたもの」

やよいさんは遠い目をしておばあちゃんの写真を見あげた。それからチーンと鈴を鳴らすと、ポケットから取りだしたティッシュで、盛大にはなをかんだ。

「大奥さまは、わたしのあこがれの人。出会えてほんとうにラッキーだった」

やよいさんの言葉に、母親はくすぐったそうにおしりをもぞもぞさせていた。

「ところでやよいさん、さっきいってたビッグチャンスって？」

食卓でやよいさんと向きあうと、さっそく母親は切りだした。コップの麦茶を飲み干してもまだ汗がふきだすのか、しきりに首のタオルで顔をぬぐっている。

「それなんだけどね、じつは今コロボックルで延長保育に借りてる家が手狭になってね、おまけに、おふろがこわれててつかえないから、どこかいいとこないかなあって、さがしてたのよ。そしたら陽子さんからナオリンがこの家のつかい道にこまってるって聞いたから、これは渡りに船だと思って……」

「あ、そういうこと！」

思ってもいなかった方向からの提案らしく、母親の口がぽかんと開いた。

やよいさんの話によると、コロボックルでは、はたらいている保護者のために、山からおりたあとも延長保育をしているんだそうだ。

「おとといみたいにずぶぬれで帰ってきたとき、おふろに入れてあげたくてね。ずっと気になってたの」

「そうか、そうか。気がつかなかったわ、そりゃそうだよねえ」

母親はしきりにうなずいている。野々歩はパンツまでびしょぬれになったおとといの雨を思いだした。

「わかった！　いいよ、やよいさん、つかって。子どもたちの声がひびいたら、家も母親も大よろこびだわ」

あまりにはやい母親の決断に、野々歩はイスの上でひっくりかえりそうになった。ほおにカッと血がのぼった。この場面での、母親のこの決断力は賞賛に値する。野々歩も大賛成だ。おばあちゃんだって、きっとよろこんでくれる。

「ただし、条件がふたつあるの」

「なんでしょう」

決然とした母親の物言いに、やよいさんはイスの上で居住まいを正した。

「ひとつはわたしたちが里帰りしたときのために、仏間は空けといてほしいこと。それともうひとつは……」

いいよどんで母親は、コホンとひとつ、せきをした。

「この家には管理人がいます。そのお世話をお願いします」

「え？　管理人？」

だれ、それ？　野々歩もきょとんとした。

「名前を三十郎といいます」

まるで話を聞いていたようなタイミングで、三十郎が縁側から帰ってきた。なんだかものすごく興奮したようすで口になにかくわえている。

瞳孔を真っ黒にしてひげをピンと立てた三十郎は、母親のイスの前にポトリとくわえていたものを落とした。巨大なねずみだった。

「キャッ、三ちゃん、やだ、やだ、やだ！」

母親はイスにとびのって青ざめた。野々歩も腰をうかし、すぐに逃げられる体勢を取った。

「あーはっはっは。ご主人さまへの捧げものだね。すごーい。こんな頼りになる管理人なら大歓迎よ。子どもたちも、きっとよろこぶわ」

イスの上でかたまっている母親を尻目に、手をたたいて笑い転げるやよいさん。

ドヤ顔の三ちゃん。

床に転がった巨大ねずみ。

そのワンシーンはまるで映画の一場面のように、野々歩の脳裏に深くきざみこまれた。

10 父、来る

翌朝。

　コロボックルの園舎としてつかうという目的がはっきりしたことで、片づけに拍車がかかった。ひとまず蔵はあとまわしにして、朝はやくから母親とふたり、家の中の細々としたものの整理に精をだした。人が生活するって、こんなにたくさんものが必要なんだとあきれるほどたくさんあった。ひきだしからでてきた大量のカイロを袋につめこんでいると、表から聞き慣れた車のエンジン音がした。

「あ、パパ来た！」

　袋をぶらさげたまま、野々歩は玄関に走りでた。

「おー、野々歩。なんだ、元気そうじゃないか」

　運転席からおりてきた父親は、朝のまぶしい光の中で目を細めた。そのあと、

「うーん、ひさしぶりの長距離ドライブで肩がこった」

といいながら、山に向かって思いきり背伸びをした。美しい一日を約束するように、山肌を薄く霧がはいのぼっていた。

「いつ来ても、ここは気持ちいいなあ。生きかえるよ」

「うん！」

野々歩も大きくうなずいた。山に入ると、もっと気持ちいいよと教えてあげたかった。体も心もぼわっとふくらんで、森にとけそうになるんだよ。

「お疲れー。あがって、ひと休みしたら？　こんなにはやく着くなんて、いったい何時に家をでたの？」

奥から母親も顔をだした。

おばあちゃんの仏壇に手をあわせたあと、父親は、

「おお、すごいことになってるなあ。これ全部、ふたりでやったのか？」

と、庭につみあげられたガラクタに目を丸くした。

「野々歩のおかげでようやく手をつける気になったのよ。ひと休みしたら悪いんだけど、ゴミ集積センターまで運ぶの手伝ってくれる？」

「わかった。やるよ」

父親がくわわったことで作業は一気にはかどった。

体といっしょに口もいそがしく動かしながら事情を説明する母親に、「うん、うん」と父親

はうなずいていた。コロボックルに園舎としてつかってもらうことになったというくだりになると、「よかったじゃないか」と声をはずませた。もともとおだやかで、人の話をじっくり聞くタイプだから、猪突猛進型の母親ともこれまでうまくやってこれたのだろう。

「尚ちゃん、だんなさん来たの？」

　となりのおばちゃんがやってきたのは、もともとあまりなかった家具類を奥のひと部屋に運びこんで、座敷がいっそう広々としたところだった。縁側からのぞきこんで、

「あれ、あれ、えらいさっぱりしたね」

とびっくりしたようすだ。

「うん。コロボックルにつかってもらうことになってね」

　母親がいうと、

「ほう、そうかい。そりゃあええ、にぎやかになって。千代ちゃんもよろこぶわ、きっと」

とひざを打った。

「うるさくなるけど、ごめんね」

と気をつかう母親に、

「なんもなんも。子どもの声は音楽じゃ」

とこだわりがない。

「いつも尚美がお世話になっております」

父親のあいさつに、「こっちこそじゃ」とおうようにこたえると、おばちゃんは、

「ところで庭のゴミ、センターに持っていくんやろ？　自家用車じゃらちが明かんから、うちの軽トラつかえて、じいさんがゆうとるけど」

とつづけた。わざわざそれをいいに来てくれたのか。

「それはありがたい。軽トラなら、いっぺんですみます」

父親は手を打たんばかりによろこんだ。


まるで初デートの若者みたいにはしゃいだ父親と母親が軽トラででかけていくと、野々歩は広々とした座敷で大の字に寝転んだ。

——うーん、気持ちいい。

思いっきり四肢を伸ばす。山歩きに片づけと、酷使された体中の筋肉が悲鳴をあげる。こめ

かみにじーんとしたしびれが走った。

縁側からさしこんだ光が畳の上でゆれていた。しめった土のにおいが濃く立ちのぼってくる。すっかり勢いをなくしたツクツクボウシの声にヒグラシの甲高く澄んだ声が重なる。

——あー、あさってからまた学校かあ。

思いだすと一気にゆううつになった。

いくら換気のために窓を開けていても教室の空気は重い。いろいろな制約にみんなイラついている。自意識と自意識がぶつかりあってあちこちで火花が散る。

——安全安心っていうけど、わたしたちって、ほんとうに守られてるんだろうか？

根本的な疑問がわいた。

野々歩たちの守られ方とコロボックルの子たちの守られ方はまるで違う。ハルくんがガケから転がり落ちても、「おにぎりかと思ったらハルくんでしたあ」って笑われて終わりだし、あやめちゃんが炊飯器と格闘していても、おとなはだれも手をださなかった。そのかわりじっと「助けて」っていえるのを待っていた。

それって、子どもたちを信頼してるってことじゃないだろうか？

じゃ、わたしたちは見くびられてるってこと？

野々歩の口がへの字に結ばれたとき、
トンッ。……スタスタスタ。

縁側から三ちゃんの帰ってくる気配がした。寝そべっている野々歩に気づくと、おなかの上に乗っかってゴロゴロときげんよくのどを鳴らしはじめた。幅広の顔に小さめの目。ネコ的にはイケメンかどうかわからないけれど、なんともあいきょうがある。

「あんたともおわかれだね。がんばってね、管理人さん。また来るからね」

三ちゃんの体温で体がぽかぽかと汗ばんでくる。長い夜から母親を守ってくれたぬくもりだ。

「大好きだよ」

首をもたげてピンクの鼻の頭にキスしたら、バチッと静電気が走った。

——おばあちゃんがこの家を残してくれててよかった。山を守ってくれててよかった。また来よう。そうすれば三ちゃんともコロボックルのみんなともまた会える。

野々歩の脳裏にコロボックルでの一瞬一瞬が、つぎつぎとうかんできた。

ガケをおりる野々歩を心配そうに見あげていたみんなの瞳。

鼻水と雨でぐちゃぐちゃのあやめちゃんの顔。

つないでくれた圭くんの手のふやけた指先。

どれもこれも大切なワンシーンだ。

この思い出が、きっとわたしをささえてくれる。そんな確信が野々歩の体の芯からわきあがった。


夕飯は、父親と母親がセンターの帰りにゲットしてきたイノシシの肉で焼肉をした。最初は、「うっ」と思ったけれど、「うまい！」を連発しながら旺盛な食欲をみせる父親につられてはしを伸ばすと、意外とおいしかった。口内炎はいつのまにか消えていた。じょうきげんの父親は、

「体を動かしたあとのビールがこんなにうまいなんて、すっかり忘れてた」

と感極まったようにコップのビールを飲み干している。

「でしょ、でしょ。山仕事のあとは、もっとおいしいから」

――ん？

母親の口ぶりに企みのにおいをかぎつけて、野々歩は顔をあげた。

「年に何度かコロボックルの保護者たちが山の手入れをしてくれてるんだけど、パパも参加してくれたらうれしい」

「そうだよな。おれも気になってたんだ。よし、幸いというかなんというか、仕事も減ってるから、もっとひんぱんにこっちにも来られると思う。それにしても、お母さんは長いあいだ、ひとりでよくがんばってきたなあ」

しみじみとしたようすで父親は仏壇のおばあちゃんの写真をふりかえった。

「……悪かったな。なにも手伝えないで」

「しかたないわよ。パパだって仕事がいそがしかったんだし」

母親はとなりのおばちゃんにもらったたくあんをポリポリと音を立ててかんでいた。

そのとき、仏壇の方向からコトッとかすかな音がした気がして、野々歩はぎくりとふりかえった。もしかして、おばあちゃん？

(存分におやんなさい)

おばあちゃんの声が聞こえた気がした。なぜか下腹から熱いものがせりあがってきた。

翌朝。夜が明ける前から父親と母親は家の片づけに精をだしていた。遠慮がちな物音と、えさをねだる三ちゃんの鳴き声で目が覚めた。

——あー、いよいよ帰るのかあ。

思わずふとんにため息をもらす。体が重くて起きあがれない。三ちゃんとのわかれを思うと、じわりとまぶたが膨張した。それから……。

山だ。

森だ。

コロボックルのみんなといっしょに山に入ったとき、自分をよんでいたのはここだと、野々歩は感じた。体中の細胞がぴちぴちとびはねて、よろこんでいた。わくわくが止まらなかった。

——自分もコロボックルのみんなも、森に息づく命、森の子どもなんだ。

そう気づいたとたん、全身が大きな安心感に包まれた。森とひとつになれたよろこびに包まれた。

「ほら、野々歩、起きて、起きて」

母親がおでこにはたきをかけてくる。

「もう、きたないなあ」

物思いにひたるのをあきらめて、しぶしぶ起きあがった。台所の窓がほんのりピンクオレンジに染まっていた。

ナァーン、ナァーン。

三ちゃんにうるさくねだられ、ネコ缶を手にした。開けるのに手間どっていると、指をひっかかれた。

「いたっ」

三ちゃんはあわてて、「ごめんなさい」というように目をつむり首をすくめた。そのしぐさがかわいくて、しかる気になれなかった。

「よしよし。おなかがすいてるんだもんね」

中身を移してやると、カッカッと茶わんにかみつく勢いでがっついた。

遅めの昼食をすませ、いよいよ出発の時刻が来た。父親につづいて車に乗りこんだ。

「運転、気をつけてね。野々歩をお願いね」

三ちゃんを抱いて見送る母親も、「おう、わかってる」とこたえる父親も、どことなくさびしそうだった。

「野々歩、お母さんももう少ししたら帰るけど、来たくなったら、いつでも来ていいんだからね」

窓から首をつっこむようにして母親は、後部座席の野々歩に念を押す。

「……うん」

なぜかのどがつまった。こんなドラマみたいなわかれのシーンは想定外だった。なにをいえばいいのかわからない、仏頂面の野々歩は、母親の腕の中の三ちゃんに指を伸ばした。

「バイバイ、三ちゃん」

やわらかな毛ざわりとぬくもりが指先からしみてくる。

「じゃ、いいか、行くぞ」

車は静かに走りだした。

名残惜しさに、野々歩は窓から身を乗りだして山を見あげた。

山は大きく、空は青かった。

11 心の森

一週間ぶりの学校に緊張した。

鉄の門扉もコンクリート製の白い校舎もいかにもかたそうで、野々歩をはじきかえすようにせまってきた。

「ふぅー」

けさから何度目かのため息をつきながら、駐輪場の空きスペースに自転車をつっこむ。コロナが五類に移行したといってもまだ学校ではマスク姿の子が多い。ひさしぶりにつけたマスクの下が汗ばんでかゆい。自転車はきのう駅の駐輪場から回収していた。

リーリーリーリー。

グラウンドから朝練の野球部の声がひびいてくる。いつもの学校のいつもの朝の光景。

「ふぅ」

朝日を反射して光る二階の教室の窓を見あげながら、野々歩の口をついてもう一度ため息がもれた。一週間も休むと、教室は果てしなく遠い場所になる。

そのときだった。

「野々歩ぉ」

二階から思いがけない声がふってきた。ガラスが光ってまぶしくて顔は見えなかったけれど、あの声は綾香？

「元気になったんだねえ」

（野々歩って、目が笑ってないよね）

あのひとことが心につきささって、苦手意識を持っていた綾香の声が、なぜか今、なつかしかった。

——もしかしたら、綾香に悪気はなかったのかもしれない。何気なくでたひとことだったのかも。

ガチガチにかたまっていた肩からストンと力がぬけていった。

（カエルぴょこぴょこ、みぴょこぴょこ）

脳内で圭くんとヒメちゃんの声がリフレインした。

（存分におやんなさい）

おばあちゃんの声がひびいた。

その声に背中を押され、

「おはよう」

野々歩は光をまとった綾香に向かって、大きく手をふった。

「よしっ」

昇降口で小さくガッツポーズを決めると、足取り軽く階段をのぼっていった。


夜になって母親からスマホに写真が送られてきた。おなかを上に大の字で寝こけている三ちゃん。やっぱり舌はだしたままだ。

「もう」

ほおをゆるめた野々歩は、そっと三ちゃんの舌にタッチしてやった。

「きょうは山でごはんをたいて、みそ汁をつくりました。材料は持ちよりだから、トマトが入っていてびっくり。コロボックルの子たちはみんな包丁もつかえるし、ごはんもたけます。負けたね、野々歩」

ラインの母親の文章が長くなった。最後の一行は余分だけど。

コロボックルのみんなは、来週、おばあちゃんの家にやってくるという。

今、野々歩は以前は感じられなかったなにか大きなものに守られているのを感じる。それが根拠のない自信をあたえてくれていた。

あの森と水の町へ行きさえすれば、またみんなに会えるのだ。

あとがき

ちかごろ天気予報を見ると、中国山地のど真ん中、智頭町あたりをチェックする癖がついてしまいました。「まるたんぼう」の子どもたちは、あしたも山に入るのかなあと気になるのです。「まるたんぼう」との出会いは二〇二一年、コロナが世界を席巻し、おびやかされた日常と先の見えない不安に、だれもがゆれ動いていたころのことでした。

そんなとき、森のようちえん「まるたんぼう」の活動ぶりがテレビで紹介されました。森の自然の中で、自分の興味関心のおもむくままにのびのび動き、遊ぶ子どもたちの目の輝きは、どんよりよどんだわたしの脳内のもやを一掃してくれるに十分なインパクトがありました。

あの子たちに会いたい！

さっそく代表の西村早栄子さんと連絡をとり、視察に参加させてもらうことにしました。そのころ「まるたんぼう」は全国の注目をあび、さまざまな自治体から視察が殺到していたのです。

ところがテレビで見るのと、実際に同行するのとは大違い。エネルギーのかたまりのようなかれらについていくだけで、せいいっぱい。文字通り、死にものぐるいの、圧倒されっぱなしの一日となりました。体幹のしっかりしたかれらと違って、こちらはフレイルが心配されるへなちょこです。翌日は筋肉痛に泣かされるはめになりました。ところが、これがあとをひく。つらかった筋肉痛がおさまると、すぐにまた、かれらに会いたくなるのです。

雨の森で地べたにしゃがんでおにぎりを食べるのもはじめての経験なら、たき火をかこんで、シカの骨のマイクを手にした子どもたちの語りに耳をかたむけるのもはじめてでした。どれもこれも胸に残る、すばらしい体験でした。コロナにおびえて縮こまっていた自分が、はずかしくなりました。もちろん感染症は怖い。正しくおそれるべきではありますが、生き物としてどっしりと大地に根をおろしたかれらのありように、心からの安心をおぼえたのです。

ところが、いざ作品として書くとなると、ことはかんたんには運びませんでした。「かれらこそ、今の混迷した社会に風穴を開けてくれる存在かもしれない」。わたしが意気ごめば意気ごむほど、筆はぴたりと動きを止めてしまうのです。ついていけないのは体ばかりではありません。かれらの濃密な存在感に、言葉が追いつかないのです。

――こまったなあ。

わたしは頭をかかえました。

そんなとき、霧の合間から薄日が射すように、発車のベルが鳴りひびく朝の駅にたたずむ、ひとりの少女の姿がうかんできました。野々歩です。

――そうだ。彼女を追いかけてみよう。

そうしてスタートした物語ですが、三年の月日がたち、コロナ騒動も終息のきざしを見せはじめ、社会は落ち着きをとりもどしたように見えます。ですが、子どもたちと森を駆け回るうちに、野々歩のうちに芽生えた、「わたしたちって、ほんとうに守られてるんだろうか？」の問いは残されたままです。ひょっとしたらそれは、生きている以上、ずっとつづく問いかもしれません。でも、かれらといっしょに笑ったり、泣いたりした思い出がある以上、それが野々歩のあしたのささえとなってくれるんじゃないだろうか。そう願いつつ、書き進みました。

それにしても、書きあげた今つくづく思うのは、物語ってなんて御しがたく、油断のならない生き物だろうということです。野々歩のかかえる閉塞感や不安、そしてよりどころのなさに寄りそっているつもりが、いつのまにかわたしは、長く閉じこめていた若き日の自分の傲慢さや、いたらなかった子育てへの後悔と向きあわざるを得なくなっていました。そして物語は「母恋の物語」へと姿を変えていきました。

私事で恐縮ですが、この春わたしは母を喪くしました。あらためて気づいたのは、その存在がどんなにわたしの心を深いところでささえてくれていたかということです。ですので、もしかしたらこれは必然だったのかもしれません。

「まるたんぼう」の子どもたち、それから西村早栄子さんはじめ、快くわたしを受け入れ、たくさんの貴重なお話を聞かせてくださったスタッフのみなさんに、紙面をお借りして心からの謝意を伝えたいと思います。

それから、いつもながら最強のアシストでわたしをささえてくださった編集の井出香代さん、今回もまた大変お世話をおかけしました。ほんとうにありがとうございました。

八束澄子

八束澄子

広島県因島生まれ。『青春航路ふぇにっくす丸』(文溪堂)で日本児童文学者協会賞、『わたしの、好きな人』(講談社)で野間児童文芸賞受賞。『明日のひこうき雲』『団地のコトリ』(ともにポプラ社)は国際推薦児童図書目録「ホワイト・レイブンズ」に選出。そのほかの作品に、『明日につづくリズム』『オレたちの明日に向かって』『ぼくたちはまだ出逢っていない』(ともにポプラ社)『いのちのパレード』(講談社)『ぼくらの山の学校』(PHP研究所)など多数。ノンフィクションの作品に『ちいさなちいさなベビー服』(新日本出版社)などがある。日本児童文学者協会会員。「季節風」「松ぼっくり」同人。

teens' best selections 68

森と、母と、わたしの一週間

八束澄子

2024年10月　第1刷

発行者　加藤裕樹

編　集　井出香代

発行所　株式会社ポプラ社

〒141-8210

東京都品川区西五反田3-5-8 JR目黒MARCビル12階

ホームページ　www.poplar.co.jp

印刷・製本　中央精版印刷株式会社

ISBN978-4-591-18338-0　N.D.C.913　214p　20cm

Printed in Japan

落丁・乱丁本はお取り替えいたします。

ホームページ（www.poplar.co.jp）のお問い合わせ一覧よりご連絡ください。

読者の皆様からのお便りをお待ちしております。いただいたお便りは著者にお渡しいたします。

P8001068

teens' best selections

十代のときに出会いたい本

学校に行かない僕の学校　尾崎英子

ある出来事をきっかけに、学校に行けなくなってしまった中2の薫は、自分で選んだ寮付きの森のフリースクールに行くことに決めた。自由な環境で過ごす日々の中で、自分と向き合い、内面にかかえた問題とも向き合っていく……。

アップサイクル!　ぼくらの明日のために　佐藤まどか

中学2年生の丈、紫月、王ちゃんが、夏休みのグループ研究のテーマに選んだのは「アップサイクル」。そのおもしろさに気づいた3人が起業に挑戦する!　中学生たちの熱い思いが止まらない青春小説。

涙の音、聞こえたんですが　嘉成晴香

涙の音が聞こえるという不思議な能力を持つ美音は、人と関わるのがめんどうで友達をつくらない。ある日、美しい涙の音が聞こえてくる。それは、生徒会長の健先輩で……。10代の心のゆれをみずみずしく描いたピュアラブストーリー。

シタマチ・レイクサイド・ロード　濱野京子

部員はたった5名の池端高校文芸部。「書くこと」に心を寄せる部員たちの中で、「わたしには創作の才能はない」と書くことをためらう希和子。上野、谷中・根津・千駄木界隈を舞台に紡がれる文芸部員たちの青春物語。

きみの鐘が鳴る　尾崎英子

あこがれの部に入りたい、マイペースな自分にあった学校に行きたい、親の期待に応えたい——中学受験をする事情や環境、性格、目指す学校もそれぞれ違う4人。2月に待ち受けているものは?　未来が開ける温かい物語。